우리들의 이정표

저자와
협의하여
인지 생략

〈나답게 청소년 소설〉
우리들의 이정표

지은이 | 원유순
펴낸이 | 一庚 장소님
펴낸곳 | 답게

초판 1쇄 발행 | 2019년 4월 15일
초판 2쇄 발행 | 2019년 7월 20일

등 록 | 1990년 2월 2일, 제 21-140호
주 소 | 04994 서울시 광진구 면목로 29(2층)
전 화 | (편집) 02)469-0464, 02)462-0464
          (영업) 02)463-0464, 02)498-0464
팩 스 | 02)498-0463

홈페이지 | www.dapgae.co.kr
e-mail | dapgae@gmail.com, dapgae@korea.com

ISBN 978-89-7574-305 -4
ⓒ 2019, 원유순
나답게 · 우리답게 · 책답게

* 책값은 뒤표지에 있습니다.
* 잘못 만들어진 책은 구입하신 서점에서 교환해 드립니다.

원유순 소설

우리들의
이정표

도서
출판 답게

　오래전 초등학교 교사로 근무하던 시절, 새 학교로 부임하여 며칠 되지 않은 어느 날이었다. 아침 교실에 들어서던 나는 깜짝 놀랐다. 웬 낯선 남자가 아이들을 잡아놓고 강의 아닌 강의를 하고 있었기 때문이다. 칠판에는 알 수 없는 영어와 한자가 뒤범벅되어 있었는데, 기가 막힌 달필이었다. 알고 보니 그는 사법고시 공부를 하다가 정신이상이 되었다는 한 아이의 아빠였다.

　그 후로도 그는 걸핏하면 학교로 찾아와 이상 행동을 하곤 했는데 그럴 때마다 아이는 쩔쩔매며 부끄러워했다. 나는 사건을 짐짓 무심한 척 넘겼

고, 아이가 놀림을 당하지 않도록 그가 굉장한 천재라고 말해주었다. 그
것이 당시 교사인 내가 할 수 있는 최선의 방법이었다. 세월이 흘러 이따
금 생각한다. 무엇이 그를 그토록 아프게 했을까. 그는 단순히 고시에 실
패한 충격으로 스스로 패배자의 낙인을 찍어버린 걸까. 아니면 드러낼 수
없는 또 다른 사연이 있었던 게 아닐까.

내가 사는 시골에는 조손가정이 많다. 생활능력이 부족한 조부모의 보
살핌을 받으며 자란 아이들은 청소년이 되면서 또 다른 불안감에 시달린
다. 점점 쇠약해져 가는 조부모를 부양해야 하는 도덕적 의무감과 자유롭
게 날고 싶은 욕망 사이에서 갈등한다. 그래서 그들은 또래아이들에 비해
훨씬 탈선의 위험에 노출되어 있다.
　자본주의가 건전하게 자리 잡지 못하고 천민자본주의로 흘러가면 사회
는 걷잡을 수 없이 암울해진다. 배금주의와 인간성의 말살로 사회는 더
욱 냉혹하고 파렴치하며 잔인하게 변해간다. 시쳇말로 흙수저로 태어난
아이들이 맨몸으로 냉혹한 현실에 던져졌을 때 어떻게 살아갈 수 있을

까. 누군가가 그들의 손을 잡아준다면 좋겠지만, 그럴 가능성은 아주 희박하다. 설령 누군가가 그들에게 손을 내민다 하더라도 그들을 이용하여 부당이득을 취하려는 자가 대부분일 것이다. 안타깝지만 이게 우리 사회의 민낯이다.

이나, 연재, 수호는 나침반 하나 없이 망망대해를 향해야 하는 사회적 약자층이다. 여린 감성을 지닌 열여섯 살, 유리그릇처럼 쉽게 금이 가고 깨질 나이다. 그러나 그들은 스스로 이정표를 찾아 방향을 잡았다. 기나긴 삶의 여정에서 수도 없는 난관에 부딪히겠지만, 그만한 용기라면 잘 극복하리라는 믿음이 있다.

또한 오랫동안 잔상으로 남아있는 한 남자의 불행한 일생도 호출하여 의미 있게 만들어주었다. 글 속에서나마 그렇게 해주고 싶었다.

작가로 활동한 지 올해로 꼭 30년이다. 긴 세월 동안 쉬지 않고 꾸준히 썼다. 이즈음 가끔 내게 묻는다. 나는 왜 글을 쓸까? 만날 힘들다고 툴툴거리면서 천형과도 같은 글쓰기를 놓지 못하는 이유는 간단하다. 쓰고 나면 기쁘다는 것이다. 물론 독자의 사랑을 받는다면 기쁨은 배가 되겠지만, 그렇지 않아도 좋다는 게 솔직한 내 심정이다. 그렇다면 왜 쓰고 나면 기쁜가.

살아가면서 이따금 나를 불편하게 만드는 문제들이 있다. 주변머리 없고 용기없는 내가 고작 할 수 있는 일이란 겨우 그런 불편함을 글 속에 풀어놓는 것뿐이다. 내 글이 거대한 힘으로 작용하여 사회를 변화시킬 수 있을 거라고는 기대하지 않는다. 미약하나마 사회에 영향력을 미친다면 그것으로 충분하다.

끝으로 부족한 글을 책으로 엮어주신 장소님 사장님과 도서출판 답게 편집진에게도 감사의 말을 올린다.

밤골 서재에서

원 우 순

| 차례 |

작가의 말 • 4

01

수호천사

"아이 씨, 어쩌자고. 전수호, 그 자식 바보 아냐?"

교문을 벗어날 때까지 연재는 흥분을 멈추지 않았다. 통통한 볼이 빨갛다 못해 검붉게 변했다.

"아오, 몰카라니, 정말 미쳤어."

연재는 수호가 앞에 있기라도 한 것처럼 주먹으로 때리는 시늉을 했다.

"야, 너 왜 말이 없어? 전수호가 그랬다잖아."

땅만 보며 걷는 나를 연재가 주먹으로 툭 쳤다. 수호에 대한 실망과 좌절을 고스란히 품고 있는 주먹이라 꽤 매웠다.

"아, 뭐어?"

와락 짜증이 밀려왔다. 가뜩이나 속이 부글부글 끓어 죽겠는데, 연재까지 불을 지피니 곧 폭발해 버릴 것 같았다.

"아, 아니. 난 뭐 그냥."

찔끔한 연재가 입을 닫았다. 나는 무르춤한 연재를 모른 척하며 발걸음만 재촉했다. 연재가 눈치를 보며 종종걸음을 쳤다.

"나 먼저 갈게."

나는 자꾸 불편해지는 마음을 숨기지 않았다. 연재의 조잘거림도, 조심스러움도 더 이상 견디고 싶지 않았다. 여느 때 같으면 맞장구를 치며 깔깔댔을 일이다. 여자의 치마 속을 촬영한 몰카라니, 얼마나 흥미진진한 이야깃거리인가. 하지만 이번에는 그럴 수가 없었다.

전수호, 바보 멍청이! 하긴 수호의 수준이라면 그러고도 남을 일이었다. 전수호는……, 가끔 대책 없이 순진하니까.

얼마 전부터 남학생들 사이에서 수상한 파일이 돌고 있다는 걸 모르지는 않았다. 스무 명 남짓한 남학생들이 날이면 날마다 뭔가를 들여다보며 낄낄거리니 눈치를 채지 못한다면 바보일 거다. 나는 그저 흔하디 흔한 야한 동영상이겠거니 했다. 그런데 그게 여자의 치마 속을 몰래 촬영한 파일이었다니 어이가 없었다. 더구나 유튜브에 올려 만천하에 공개하는 어리석음까지 저질렀으니 한심하기 짝이 없었다. 유튜브 영상은 곧 스마트폰을 끼고 사는 민나리의 눈에 걸렸고, 촉이 발달한 나리는 굵직한 다리 모양과 스치듯 지나가는 스커트의 색깔이 리사 선생님 같다며 즉각 담임에게 사실을 고했다. 담임은 남학생들을 하나하나 불러 개별적으로 탐문하기 시작했고, 사건을 조사한 지

하루가 채 안 되어 몰카 촬영자가 전수호라는 사실이 밝혀졌다. 사건이 골치 아파지는 걸 꺼린 담임은 쉬쉬하며 유튜브를 내리는 걸로 마무리하려고 했다. 그러나 입이 싼 나리에 의해 리사 선생님 귀에 들어갔고, 급속도로 일이 커져 버렸다. 리사는 〈깜장돼지의 빤쓰〉라는 파일명에는 인종차별적인 요소가 다분하고, 여성에 대한 인권모독을 함축하고 있어 강력처벌하지 않으면 교육청에 알리겠다고 했다는 것이다. 거기에는 은밀하게 마무리하려는 학교 측에 대한 괘씸죄가 더해졌다는 것은 누가 봐도 짐작하고도 남을 일이었다.

조용하고 평화롭기만 하던 학교는 그 일로 인해 발칵 뒤집혔다. 아이들은 모이기만 하면 수호를 비난했지만, 개중에는 장차 수호가 살아가야 할 암울한 미래를 걱정하는 축도 있었다. 자칫하면 전학 조치까지 당할지 모르니, 그렇게 되면 낯선 곳에 홀로 내팽개치는 신세가 될지 모른다는 것이다.

나는 수호에 대한 실망감과 분노로 몸이 떨렸다. 생전 처음 가져 본 스마트폰으로 한 행동이 고작 몰카라니. 화가 나서 견딜 수 없었다.

집으로 돌아오자마자 나는 벽 거울 앞으로 다가섰다. 머리를 매만질 때나 표시 나지 않게 립 틴트를 살짝 바를 때나 한결같이 내가 애용하는 거울이다. 이 거울은 원래 엄마가 남기고 간 몇 안 되는 물건 중에 하나다. 나는 엄마의 손때가 묻은 물건 몇 개를 은밀하게 보관하고 있다. 자동차 열쇠고리, 핑크빛 플라스틱 머리빗, 색 바랜 파우더 케이스.

기다란 타원형의 거울 가장자리는 오랜 세월을 말해주듯 거무스름하게 변해 있다. 흐릿한 거울 속에서 작고 오동통한 아이가 나를 마주보고 있었다. 햇볕에 그을린 까무잡잡한 피부, 짙은 눈썹, 크지도 작지도 않은 눈, 도톰한 입술. 아무리 뜯어봐도 매력이라고는 눈곱만큼도 없는 얼굴. 거울을 떼어내어 방바닥에 놓고는 다리를 벌려 그 위에 섰다. 허리를 구부려 거울을 들여다보았다. 두 다리 사이로 드러난 베이지색 삼각팬티. 팬티의 가운데가 도톰하다. 손바닥으로 가운데를 살며시 쓸어보았다. 야릇한 느낌이다.

"바보. 나한테 보여 달라고 하지."

전수호라면 못할 것도 없었다.

날렵한 삼각팬티 가장자리로 삐죽 내민 까만 털 몇 가닥이 눈에 띄었다. 정확한 명칭으로는 여자의 거웃이다. 처음 거뭇한 거웃을 발견했을 때가 초등학교 5학년 초여름이었다. 하도 유난을 떨었기에 나는 그날을 똑똑하게 기억하고 있다.

그날 나는 오줌을 누고 여느 때처럼 아래를 닦았다. 문득 거뭇거뭇한 것들이 눈에 띄었다.

'뭐지?'

더러운 게 묻은 줄 알고 휴지로 몇 번이나 다시 닦았다. 그러다가 그게 피부 위에 돋아난 털인 줄 알았을 때 얼마나 놀랐던지. 구불구불한 모양의 거웃은 기괴하기까지 했다. 겁이 난 나는 와락 울음을 터뜨리며 할머니에게 달려갔다.

"뭔 일인겨?"

닭을 삶던 할머니가 부지깽이를 팽개치고 달려왔다.

"할머니, 나…나."

숨을 껵껵대며 팬티 속을 까보였다. 팬티 속을 들여다본 할머니는 기겁을 하며 나를 품에 안았고, 은옥은 까르르 깔깔 배꼽을 잡고 웃었다.

"아이고, 아닌겨. 괜찮은겨. 다 그런겨."

할머니는 내 등을 토닥이며 웃었다.

'참 바보같이.'

쓴웃음이 나왔다. 그때 일을 떠올리면 저절로 얼굴이 화끈거렸다.

만약 엄마가 있었다면 안 그랬을까. 엄마가 있었다면 여자의 성장에 대해서 일찍부터 배웠겠지. 남자와 여자의 성장 과정, 아기는 어떻게 낳을까, 남자와 여자의 몸은 어떻게 다를까, 뭐 그런 종류의 성교육 책을 함께 보면서 엄마는 조근조근 부드럽게, 이따금 잔잔한 미소를 지으며 알려줬을까.

'리사 선생님은?'

리사는 일주일에 두 번 오는 순환제 원어민 교사다. 미국 사람이니 여자의 그것도 더 풍성하지 않을까. 서양 사람들은 동양사람들보다 훨씬 풍성한 털을 지니고 있으니까. 유튜브를 본 연재의 말에 의하면 선생님의 팬티는 빨간색이라고 했다. 까만 피부와 빨간 팬티. 상상만으로도 선명한 이미지가 떠올랐다. 묘하게 어울린다. 은옥과 아빠가 생경한 조합으로 어울리듯. 은옥과 아빠는 달라도 너무 다르다. 그런데도 그들은 묘하게 서로 죽이 맞는다. 시도 때도 없이 팥죽 끓듯 바뀌는 아빠의 기분을 은옥은 희한하게도 잘 맞췄다. 할머니는 그들이야말로 천생연분으로 만났다고 했다. 천생연분이라니. 개가 웃을 일이다. 어쨌든 할머니는 은옥의 처지가 오갈 데 없는 버려진 여자라는 사실을 적절히 은폐하며, 그런 허울 좋은 말로 은옥을 잡아두고 있었다.

머릿속이 중구난방으로 회전하며 어지러웠다. 복잡해지려는 머릿속을 비우려고 눈을 깊게 감았다가 떴다. 수호 없이 견딜 수 있을까.

수호는, 전수호는 내게 수호천사였다. 3학년 그 일이 있은 후로 쭈욱.

그닐 아침 나는 힐머니가 새로 사준 원피스를 입고 평소보다 이른 시각에 학교로 달려갔다. 드문드문 채워진 복도 신발장 안에 얌전하게 신발을 벗어 넣고는 할머니가 정성껏 빨아준 뽀얀 실내화로 갈아 신었다. 나풀나풀 교실로 들어서던 나는 여느 때하고 다른 분위기에 우뚝 걸음을 멈췄다. 교실은 쥐 죽은 듯이 고요했고, 팽팽한 긴장감으로 숨이 막혔다. 아침햇살은 왜 또 그렇게 눈부시던지. 투명한 유리를 통해 쏟아지는 햇빛으로 교실 안의 풍경은 비정상적으로 일렁였다.

"똑바로 못 앉아?"

쾅 소리와 함께 혼미했던 정신이 퍼뜩 제자리로 돌아왔다. 무심코 칠판 쪽으로 눈길을 돌렸을 때 나는 무슨 일인가 싶어 눈을 껌벅거렸다. 지휘봉을 들고 눈을 부라리며 서 있는 사람이 뜻밖에도 아빠였기 때문이다. 도통 영문을 알 수 없어 혼란스러웠다. 집에 있어야 할 아

빠가 어떻게 교실에 있는지, 아빠는 왜 선생님처럼 칠판 앞에 서 있는
지, 그러고 보니 아빠가 먼 여행을 떠난 듯도 싶고, 늘 그대로 존재도
없이 닫힌 방 안에 홀로 앉아 있었던 듯도 싶었다. 하지만 어느 것 하
나 맞는 기억은 아니어서 나는 문득 울고 싶어졌다.

아빠는 낯선 사람처럼 태연한 얼굴로 호통을 쳤다.

"이 봐, 너!"

아빠가 지휘봉을 들어 나를 가리켰다. 어깨가 저절로 움츠러들었다.

"다시는 지각하면 안 돼. 알았나?"

"네?"

"빨리 가서 자리에 앉아."

아빠는 늘 그 자리에 서 있는 선생님처럼 능청스러웠다. 나는 주춤
주춤 자리를 찾아가다가 그만 다리에 힘이 풀려 풀썩 넘어지고 말았
다. 팽팽하게 당겨졌던 긴장의 끈이 느슨해짐과 동시에 몇 아이가 킥
킥 웃음을 터뜨렸다.

"누가 웃어?"

아빠가 눈을 부라리며 아이들을 노려보았다. 아이들이 찔끔해서 다
시 입을 다물었다. 아빠는 지휘봉으로 칠판을 톡톡 두드렸다. 나는 눈
이 휘둥그레졌다. 칠판은 알 수 없는 글자들로 빈틈없이 빼곡했다. 영
문자와 한자, 휘갈겨 쓴 한글들은 가로세로로, 혹은 장방형으로 얽혀
뒤죽박죽이었다.

"生我者父母(생아자부모), 知我者鮑叔兒也(지아자포숙아야)라."

신기하게도 당시 아빠의 말투 하나하나는 녹음되듯 내 머릿속에 저장되어 지워지지 않았다. 지금도 스위치만 누르면 녹음기가 재생되듯 똑똑하게 재생시킬 수 있다. 그날의 이미지 또한 사진처럼 뇌리에 박혀 클릭 한 방이면 또렷하게 떠오른다.

"자고로 친구를 사귈 때는 포숙 같아야 하느니라. 관중이 포숙아와 같이 장사를 할 때였느니라. 동주열국지에 따르면 관중은 늘 포숙아보다 더 많이 돈을 챙겼느니라. 하지만 포숙아는 관중을 한 번도 욕하지 않았느니라. 관중이 가난하니 나보다 돈을 더 많이 갖는 것이 당연하다고 여겼느니라. 나쁜 새끼!"

서당의 훈장님처럼 엄숙한 표정으로 말하던 아빠의 입에서 갑자기 욕이 튀어나왔다. 뜬금없이 튀어나온 욕은 낯설다 못해 신비스럽기까지 했다. 몇몇 아이들이 킥 웃음을 터뜨리려다가 얼른 손바닥으로 입을 막았다. 그러나 아빠는 다시 천연덕스럽게 말을 이었다.

아빠의 입에서 미끄러져 나온 말은 영어였다. 초등학교 3학년인 아이들로서는 알 턱이 없는 내용이었지만, 버터처럼 매끄럽게 흘러나오는 언어들이 영어라는 사실에 아이들은 은근히 감탄을 하고 있었다. 반면 나는 점점 교실이 빙빙 돌아가는 것 같았다. 가로로 휘갈겨 쓴 글자, 비스듬히 빗겨 쓴 글자, 글자 위에 덧쓴 글자들이 스멀스멀 살아나 벌레처럼 꿈틀꿈틀 움직였다.

'저 사람은 변신한 마법사야. 동쪽나라 마법사가 변신한 거야.'

나는 속으로 자기암시를 걸었다. 얼마 전에 읽은 동화책 속에서 늙은 마법사가 툭 튀어나와 교실 안으로 들어온 거라고. 나를 보자마자 '무따라까따라마까 뿌랏야!' 주문을 외우고는 아빠로 변신한 거라고 끊임없이 암시를 걸었다.

얼마쯤 지났을까. 날카로운 고음이 교실 안을 울렸다.

"도대체 뭐하시는 거예요?"

"선생님!"

얼음처럼 굳어 있던 아이들이 울먹였다. 몇 아이들은 선생님 쪽으로 우르르 달려들며 호들갑을 떨었다.

"으앙, 선생님. 무서워요."

"괜찮아, 괜찮아."

선생님은 아이들을 다독이며, 아빠를 노려보았다.

"빨리 나가주세요. 아이들이 놀라잖아요."

선생님의 싸늘한 눈길이 아빠로부터 거두어져 내게 꽂혔다. 나는 선생님의 눈길을 피하지 않았다. 아니, 피하고 싶었지만 피할 수 없었다. 늙은 마법사가 아직도 내게는 마법을 걸어 꼼짝 못 하게 옥죄고 있기 때문이었다. 나는 그대로 눈 하나 깜빡하지 않고 꼿꼿하게 버텼다. 반면 아빠는 내가 보는 앞에서 눈사람처럼 흐물흐물 녹아내렸다. 나는 얼마나 아빠가 눈사람처럼 흐물흐물 녹아 사라지기를 바랐을까. 수십 번, 수백 번도 더 아빠가 흔적도 없이 사라지기를 바랐다.

이후로도 아빠는 걸핏하면 학교에 나타나서 말썽을 피웠다. 그럴 때면 전교가 시끌벅적했다. 아빠를 달래기 위해 여러 선생님이 달려왔고, 나의 역대 담임들은 그럴 때마다 복잡한 시선으로 나를 바라봤다. 동정과 안타까움이 섞인 그들의 표정은 끔찍한 벌레처럼 내 몸에 달라붙어 스멀스멀 기어 다녔다.

"정이나 아빠는 미쳤대요, 미쳤대요."

아이들이 합창을 하며 떼로 나를 놀려댔다.

"초계탕집 아들은 돌았대요, 돌았대요."

머리 위로 동그랗게 원을 그리며 남자애들이 끈질기게 따라붙었다. 평소라면 아이들을 말렸을 담임들도 놀리는 아이들을 그대로 두었다.

"이나야, 니네 아빠 진짜 멋있다."

언젠가 창고 뒤 그늘진 곳에서 울고 있을 때였다. 수호였다. 키가 작아 전학 오자마자 땅꼬마라는 별명을 얻은 아이, 전수호. 주어골에 새로 생긴 펜션에 산다고 했던가. 어쨌든 관심조차 없던 애였다. 나는 대꾸를 할 기분이 아니었으므로 쪼그려 앉은 채로 무릎에 얼굴을 묻었다.

"난 오늘부터 정상대 씨를 존경하기로 했어. 역시 서울대 나온 사람은 뭐가 달라도 달라."

뜻밖의 말에 나는 묻었던 고개를 슬며시 쳐들었다. 이마는 잘 여문 도토리처럼 톡 튀어나와 반질거렸다. 표정은 놀리는 사람 같지 않았다. 나름대로 진지했다.

"정이나, 넌 좋겠다. 저렇게 똑똑한 아빠가 있잖아."

수호는 엄지를 세우고는 씨익 웃었다. 어이가 없었다. 공부하다 미친 사람을 보고 똑똑하다고 치켜세우는 이 아이는 정상인가 싶었다.
혹시 수호, 얘도 미쳐서 이곳으로 전학 온 거 아닐까.

"난 오늘 결심했어."

"?"

"나도 고시공부하기로."

"뭐?"

코맹맹이 소리로 물었다.

"너도 미치고 싶냐?"

내 목소리가 높아졌다. 대체 얘는 뭐지? 돌아도 한참 돌았다고 생
각했다.

"그게 무슨 말이야?"

땅꼬마 수호가 눈을 치뜨고 되물었다.

"우리 아빠 미쳤잖아. 고시공부하다 돌아버렸잖아. 너도 미치고 싶
냐고?"

뱃속 아래까지 꾹꾹 눌러두었던 분노가 푹푹 솟구쳐 올랐다. 할머
니의 가마솥 김처럼, 가마솥 안에서 푹푹 삶기고 있는 늙은 닭들의 원
망처럼 그렇게 쐑쐑 쏟아져 나왔다.

"정이나, 너 왜 그래? 니네 아빠 안 미쳤어. 야, 미친 사람이 그렇
게 똑똑하냐? 난 오늘 진짜, 진짜……."

수호는 말을 잇지 못했다. 수호의 눈이 글썽해졌다. 수호가 그렁해
진 눈으로 내 손을 덥석 잡았다. 나는 손을 빼지 않았다. 조그맣고 까

슬까슬한 수호의 손길이 더없이 다정하고 부드러워서였다.

"전수호, 죽었어."
폰을 찾아 수호의 전번을 꾹꾹 눌렀다.

> Baby baby 그대는 Caramel Macchiato
> 여전히 내 입가엔 그대 향기 달콤해
> Baby baby tonight
> 아 그리고 잘 안 마셔 Macchiato
> 알잖아 너 땜에 습관이 된 Americano
> 사귈 땐 이게 무슨 맛인가 싶었었는데

수호가 좋아하는 방탄소년단의 coffee다. 잠이 쏟아진다며 시도 때도 없이 자판기 커피를 뽑아먹는 전수호 다웠다. 베이비 베이비 아메리카노, 베이비 베이비 카페라떼……. 몇 번이나 돌려 들을 때까지 수호는 전화를 받지 않았다. 궁금하면 수호네 집으로 달려가서 물어봐도 될 일이었다. 기껏해야 걸어서 30분이면 충분한 거리였다. 초등학교 동창이니 집으로 찾아간다 한들 하나도 이상할 일이 아니었다. 그러나 지금은 그러고 싶지 않았다. 수호의 입에서 가출이라는 단어가 튀어나올까 봐 두려웠다.
"이나, 뭐해?"

은옥이 콧소리를 내며 방문을 열었다. 나도 모르게 화들짝 놀라 일어섰다. 은옥의 커다란 눈이 놀라움으로 더욱 커졌다.

"왜 그래? 무슨 일 있어?"

"아니야, 아무것도."

까닭 없이 얼굴이 달아올랐다.

"이나, 잊어버렸어? 오늘 계명재 지내는 날이잖아."

"아, 맞다."

그제야 오늘은 오월 단오이니 일찍 오라던 할머니의 말씀이 떠올랐다. 해마다 오월 단오가 되면 할머니는 그 해 죽어갈 닭에 대하여 재를 지낸다. 이를테면 초복, 중복, 말복을 거쳐 더운 여름날 인간을 위해 기꺼이 제 한 몸을 내어주는 고귀한 닭들의 죽음을 애도하며 명복을 빌어주는 의식으로 일종의 천도재인 셈이다.

나는 은옥과 나란히 아래층 홀로 통하는 내실 계단을 내려왔다. 은옥은 그새 훌쩍 커버린 내 어깨를 올려다보며 생긋 웃었다. 은옥의 미소에 대견함이 배어있었다.

"이나, 언제 이렇게 컸지?"

"에이, 뭐가 크다고?"

나는 또래에 비해 절대 큰 키가 아니다. 오히려 중간 이하여서 늘 불만인데 은옥은 내가 오뉴월 오이처럼 쑥쑥 자란다고 한다.

은옥의 이름은 정확하게 팜 티 응옥이다. 베트남에서 한국으로 시집온 여자. 한국의 시골마을이면 심심찮게 만날 수 있는 사람들이지만 그들을 대하는 시선들은 단순하지 않았다. 응옥도 그런 사람이었다. 나처럼 불편한 시선을 견디고 있었다. 응옥을 처음 한국으로 끌어들인 남자가 어디에 사는 누구인지, 무엇을 하던 사람인지 할머니도 나도 모른다. 응옥이 그 부분에 대해서는 입을 다물고 있어서이다. 응옥은 우리 집에서 여러 가지 잡일을 한다. 주방 일, 홀 청소와 손님 서빙은 물론이고 배실배실 잘 웃어서 무겁고 어두운 우리 집의 분위기 메이커 역할도 담당한다. 요즘은 아빠의 애인 역할까지 하는 눈치다.

나는 정확하게 응옥을 언제 만나게 되었는지 기억에 없다. 문득 철들고 보니 생글생글 웃는 얼굴로 내 앞에 응옥이 있었다. 할머니가 은옥이, 은옥이 부르니 자연 나도 응옥의 이름이 은옥인 줄로만 알고 있었다.

"어머나, 내 정신 좀 봐."

계단참을 내려오다가 은옥이 무언가 생각났다는 듯이 손뼉을 쳤다.

"왜?"

내가 눈으로 물었다.

"상대씨 양복."

은옥은 통통 소리를 내며 계단을 밟아 올라갔다. 내 정신 좀 봐, 에구, 미쳤어. 종알거리는 소리가 좁은 계단을 울렸다. 은옥은 점점 나이를 거꾸로 먹는 것 같았다. 사랑을 하면 저렇게 되나 싶었다.

"어서 오지 않고 뭐하는 겨?"

어두컴컴한 홀에서 할머니 목소리가 우렁우렁 울렸다.

02

계명재

임막순초계탕의 주인인 임막순 씨, 바로 내 할머니다. 할머니는 열 여덟에 양계장 집으로 시집을 와 내리 삼 남매를 낳고는 스물둘에 청 상과부가 되었다. 할아버지가 경운기 사고로 돌아가셨기 때문이다. 막둥이 아들인 아빠가 두 돌을 넘겼을 즈음이었으니, 할아버지는 한 창 팔팔한 나이였다. 평소 닭들을 돌보는 게 지긋지긋했던 할머니는 족히 수백 마리나 되는 닭을 몽땅 정리하고 도시로 떠나고자 했다. 할 머니는 날마다 수십 마리의 닭을 손수 잡아 대형 가마솥에 넣고 푹푹 삶아 팔았다. 집 주변에서 쉽게 구할 수 있는 엄나무 가지와 당귀 뿌 리만 넣고 삶았건만, 할머니의 닭은 날개 돋친 듯 팔려나갔다. 닭고기 특유의 잡냄새가 없을뿐더러 쫄깃한 식감이 일품이라는 게 이유였다.

"도시에 살 팔자가 못 되었나벼."

할머니는 그 일을 두고 그렇게 말했다. 그러나 세월리 고모는 달랐다.

"으이그, 닭하고의 인연이 질긴 거지. 으이그, 징글징글혀."

이유야 어떻든 찾는 사람이 하루가 다르게 늘어나면서 할머니의 주머니가 두둑해졌다. 그러자 할머니는 에라, 도시로 가면 뭔 뾰족한 수가 있겠나 싶어 도로 눌러앉아 닭 장사나 하면서 아비 없는 외아들을 남부럽지 않게 기르리라 마음먹었다. 그렇게 시작한 장사가 오늘날의 임막순초계탕이 되었다.

은옥이 세탁해 둔 아빠의 양복을 소중하게 받쳐 들고 내려왔다. 그러나 막상 당사자인 아빠는 내려올 기미를 보이지 않았다. 은옥은 어둠 속에서 바지런히 손을 놀려 준비해둔 제물을 상에 얹었다. 찜닭을 올리고, 양계장에서 자란 닭들이 살아생전 구경 한 번 못했을 보리쌀, 콩, 팥 등 잡곡을 담은 접시를 올렸다.

그러는 사이 할머니는 준비해둔 하얀 모시 한복을 꺼내 입었다. 모시 저고리 소매를 걷어 올린 할머니가 막 양초에 불을 붙이려는 순간이었다.

쿠웅, 쿠웅. 쿵쿵.

불규칙적인 소음이 고요한 집안을 흔들었다. 아빠가 낡은 태광에 로이카 턴테이블에 도넛츠판을 올린 것이다. 비틀스의 렛잇비다. 하도 들어서 이제는 존 레넌의 감미로운 비음이 나의 숨결처럼 느껴질 지경이다.

Speaking words of wisdom let it be

Let it be let it be

Let it be let it be.

레넌의 노래가 소리 없는 아빠의 몸부림으로 느껴졌다. 제발 그냥 둬. 더 이상 알려고 하지 마. 그냥 둬.

할머니의 눈길이 위층을 향했다가 어둠 속으로 툭 떨어졌다.

"어머나."

은옥이 황급히 위층으로 올라가려는 몸짓을 보였다. 이 모든 것이 자기 잘못이라는 듯, 은옥은 민망한 표정을 지었다.

"냅 둬."

할머니가 단호하게 잘랐다. 잠시 흔들렸던 표정이 언제 그랬냐는 듯 침착하고 경건하게 돌아왔다. 하지만 할머니는 긋던 성냥개비를 두 개나 부러뜨렸고, 불을 붙이려는 손길은 가늘게 떨렸다. 양초 심지 가 소르르 타오르자, 숨을 죽이고 있던 집기들이 조심스럽게 모습을 드러냈다. 어룽거리는 불빛 아래로 발가벗은 닭이 허옇게 떠올랐다. 늘 그렇듯 그 모습은 괴기스럽기 짝이 없었다.

할머니는 신새벽에 일어나 저 닭을 가마솥 안에 넣고 갖은 약재를 첨가하여 밍근한 불로 오래도록 쪄냈을 것이다. 폭폭한 가슴살이 야 들야들 물러질 무렵 솥뚜껑을 열어 닭을 꺼낸 다음, 채반에 담아서 바 람 잘 드는 그늘에서 거풍을 시켰을 것이다. 닭은 제 몸에 남아있는 한 방울의 물기마저 바람에 내어주고는 쫄깃쫄깃 오그라들었을 것이다.

살아생전 저 닭의 소원은 무엇이었을까. 평생 좁은 닭장 안에서 감옥살이를 했을 닭이다. 넓은 초원을 맘껏 뛰어다니는 것이었을까. 종종거리는 새끼들을 몰고 다니며 지렁이를 잡아주는 것이었을까. 아니다. 그러한 호사스러운 상상조차 하지 못한 채 그저 하루하루 배불리 먹을 먹이만 기다렸을 거다. 평생 좁은 닭장 안에서 살다 보면 그럴 수밖에 없지 않을까. 사람이나 미물이나 삶의 반경이 좁으면 일차원적인 생각밖에 못 할 테니까. 여자의 치마 속이나 궁금해하는 전수호처럼.

대자대비하신 부처님 귀 기울여 들으소서.
올해도 이 미천한 여식이 마음을 다하여 비나이다.
부디 계명님들의 길을 인도하시어 좋은 곳으로 가게 합소사.

할머니가 두 손을 모아 빌었다. 쿵쿵 울리는 록의 리듬과 할머니 특유의 웅얼거림이 묘한 부조화를 일으키며 휑한 홀을 메웠다. 일 년에 딱 한 번, 음력 사월초파일이 되면 은각사를 찾는 할머니는 명색이 불교신자였다. 월산 중턱에 자리 잡은 은각사는 여느 사찰과 매우 달랐다. 현대식으로 지은 3층 건물 일층 중앙에 부처님을 모신 방이 있을 뿐, 나머지는 일반 가정집과 크게 다를 바가 없어서 사찰이라는 생각이 들지 않았다. 서울에 있는 유명여자대학에서 국문학을 전공

하다 신내림을 받았다는 은각스님은 스님이라기보다 무당에 가까웠다. 그럼에도 그녀는 퍽 귀티가 흘렀다. 정갈한 장삼 소맷자락 끝으로 드러나는 하얗고 가느다란 손가락, 파르라니 빛나는 정수리, 뽀득뽀득 씻은 복숭앗빛 뺨, 언뜻 내비치는 가지런한 치아가 신비스러웠다. 어린 눈에도 하늘에서 내려온 선녀가 아닐까 하는 생각이 들 정도로 아름다웠다.

나는 할머니를 따라 은각사에 가는 걸 좋아했다. 선녀처럼 신비스러운 은각스님을 보는 것도 좋았지만 무엇보다 불 밝힌 연등을 보는 게 좋았다. 아빠의 이름으로 달린 연등은 언제나 대웅전 가까이 정중앙에 달려있었다. 다른 연등보다 크기가 컸으니 분명 할머니가 거금을 들였음을 어린 마음에도 짐작할 수 있었다. 내 이름의 연등은 벚나무 가까이 달려있을 때가 많았다. 화려한 벚꽃에 가려 눈에 잘 띄지는 않았지만, 나는 그게 더 좋았다. 연등에 꽃불이 밝혀지고, '건강기원'이라는 글자가 봄바람에 하늘하늘 나부낄 때면 가슴이 참새처럼 팔딱이곤 했다. 연등을 타고 파란 봄 하늘을 둥실둥실 날아 머나먼 곳으로 갈 수 있을 것 같은 착각에 빠지곤 했다. 근사한 회사에 다니는 아빠와 학교에서 돌아오면 다정하게 나를 맞아주는 엄마가 있는 곳. 엄마 아빠 손을 잡고 백화점이라는 곳으로 놀러 가고, 놀이공원에 가서 솜사탕을 먹는 상상은 언제나 달콤했다.

그러나 나는 환한 대낮, 우연히 연등을 발견한 뒤부터 상상놀이를 멈추었다. 가느다란 줄에 매달린 연등은 한없이 초라했다. 분홍과 연두가 대비된 둥갓은 왜 그리 유치하던지.

그즈음이었다. 은각에 대한 환상이 와장창 깨진 것은.

"아오, 미친년. 내가 미친년이여."

은각사에서 돌아오는 길이었다. 할머니가 느닷없이 길바닥에 털썩 주저앉았다.

"할머니, 왜 그래? 다리 아파?"

할머니가 거칠게 내 손을 뿌리쳤다. 내 말이라면 하늘에 별이라도 따다 주리라던 할머니였다. 처음 당하는 일이라 울컥 서운함이 일었다.

"아이고, 아이고. 상대야. 다 내 잘못이어. 내가 잘못했다아."

할머니가 큰소리로 울부짖으며 목을 놓아 울었다. 나는 우는 할머니에 대한 걱정보다 행여 다른 사람의 눈에 띌까 신경이 쓰였다. 아들도 미치더니 급기야 어미까지 미쳤구나. 비웃음이 서린 동네 사람들의 눈길이 두려웠다.

"할머니, 왜 그래, 왜 그래?"

미간을 찌푸리며 할머니 어깨를 흔들었다. 손아귀에 들어온 할머니의 어깨뼈는 앙상했다. 바스라질 것처럼 말랐다. 문득 할머니가 그대로 훌훌 날아가 버릴 것 같았다. 때마침 하얀 민들레 홀씨가 바람에 와르르 부서지며 파란 하늘로 흩어졌다. 할머니의 흰머리가 올올이 솟아올라 한꺼번에 솜털을 펼칠 것 같아 덜컥 무서워졌다.

"우리 상대가 관운이 없디야. 제 길이 아닌 걸 가서 돌아버렸디야."

엉뚱한 할머니의 말에 어이가 없었다.

"그런 말이 어딨어?"

초등학교 5학년 열두 살이었다. 알만큼의 나이를 먹은 나는 와락 짜증이 났다. 오가는 사람이 드물어서 그렇지 까닥하다가는 절에서 나오는 사람들의 눈에 띄기 십상이었다. 나는 초조하게 할머니를 내려다보았다.

"그때는 무서울 게 없었지. 은각의 말이 귀에 들어오기나 했간디? 아, 우리 상대가 누구여? 학교에서 일등은 도맡아 하고, 아무나 못 가는 서울대학을 떡하니 단번에 붙어버렸잖여. 이나, 니는 모를겨. 우리 상대가 을매나 똑똑한 사람인지 니는 모를겨. 상대가 대학에 합격했을 때 군수님까지 찾아와 금일봉을 주었잖여. 우리 상대가 그렸는디, 참말로 우리 상대가 어떤 놈인디, 아이고, 아이고."

할머니는 좀처럼 하지 않던 푸념을 늘어놓았다.

"그렇게 똑똑한 사람이 왜 미쳤대?"

나도 모르게 튀어나온 말이었다. 아무리 고시공부가 어렵다 한들, 해마다 수백 명의 사람들이 합격을 하여 판사가 되고, 검사가 되고 변호사가 된다. 그런데 아빠는 몇 년을 낙방을 하고, 급기야 돌아버리기까지 했다. 그런 사람이 똑똑하기는 개뿔. 속에서 마구 분노가 치받쳤다.

"뭐여? 무슨 말인겨, 시방?"

할머니 눈에서 불꽃이 일었다. 할머니는 어디서 그런 힘이 생겼는지 주먹으로 내 등을 퍽퍽 때렸다.

"다시 그런 말을 혀 봐. 이나, 너라도 내 두 번 다시 안 볼겨."

할머니는 뒤도 안 돌아보고, 휘이휘이 월산 계곡을 내려갔다. 나는 한동안 그 자리에 붙박인 듯 서 있었다. 할머니에게 맞은 등허리가 시큰거렸지만, 아프지는 않았다. 대신 가슴이 찢어지는 듯이 뻐근했다. 할머니에게 처음으로 맞았다는 사실이 믿기지 않았고, 아빠에 대한 속마음을 철없이 내보인 내가 한없이 미웠다.

'쳇, 관운이 없다고? 그런 엉터리 말이 어딨어.'

애꿎은 은각에게 분노를 터뜨렸다. 사람에게 길이 정해져 있다면 왜 노력을 해야 하며 힘들게 살아야 할까. 틀렸다. 엉터리였다. 은각은 사이비 땡중이다. 신내림을 받았다는 사실만 봐도 싸구려 점쟁이가 쓰는 수법이잖아. 다시는 은각사에 가나 봐라.

계명님들, 계명님들. 들으소서.
부디 노여움을 푸시고
이승에 못다 한 원들은
저승에서 다 이루소서.

할머니 목소리에 떨림이 더해졌다. 만일 닭의 영혼이 있어 할머니의 모습을 내려다본다면 뭐라고 할까. 병 주고 약 주시네. 비웃을까. 아니면 아이고, 할머니. 우리네 삶이 너무 고달팠는데, 죽지 못해 살

앉는데 죽여줘서 고맙소. 머리를 조아릴까. 쓴웃음이 나왔다.

이승에 못다 한 원들은 저승에서 다 이루소서.

할머니의 조문이 다시 한번 반복되었다. 마치 할머니 자신에게 거는 주문처럼 간절했다. 할머니의 원은 아빠의 입신양명에서 벗어나 지금은 나가버린 아빠의 정신이 제자리로 돌아오는 것이다. 현대의 학을 빌자면 못할 일이 아니건만 할머니나 아빠나 그쪽으로는 눈길조차 돌리지 않는다. 눈앞에 커다란 장막이 가로막힌 것처럼 속이 답답하다.

빌기를 마친 할머니는 벌거벗은 닭의 몸뚱이 위에 술 한 잔을 부었다. 투명한 액체가 닭의 몸뚱이를 적시며 윤기를 더했다.

할머니가 내게 술병을 쑥 내밀었다. 거역할 수 없는 힘에 숨이 턱막혔다. 나는 애써 무심한 표정을 지으며 잔을 채워 제상 앞에 놓았다. 이 집에 살고 있는 한, 이 짓에서 벗어날 수 없으리라. 내 유년의 기억은 언제나 계명재로 시작된다. 다른 좋은 기억들도 있을 텐데, 하필이면 계명재다. 할머니 스스로 고안해 낸 의식이 워낙 괴기스럽고 강렬해서 여타의 기억들은 죄다 의식의 수면 아래로 깊숙이 잠겨버렸나 보다.

여름 뙤약볕 아래서 종일 놀다 들어온 저녁이었다. 할머니가 먹기 좋게 잘라준 닭 껍질을 굵은 소금에 찍어 입맛을 다시며 먹고 있을 때였다.

"이나, 닭고기 좋아하제?"

나는 유난히 닭 껍질을 좋아했다. 기름기가 쫙 빠진 노르스름한 닭의 껍질은 퍽퍽한 가슴살보다 훨씬 쫄깃하고 고소했다.

"응."

"닭들이 참 고맙제?"

"응?"

그때까지만 해도 내가 먹는 고기가 살아있는 닭에서 얻어진 거라고는 상상도 못 했다.

"참 고맙제."

할머니의 닭이 살아있는 생명체였다는 사실을 알고서도 나는 꽤 오랫동안 초계탕을 즐겼다. 고소한 닭의 껍질은 물론 담백하고 쫄깃한 가슴살을 쪽쪽 찢어 얼음 동동 띄운 면발에 얹어 먹는 즐거움은 그 어떤 음식에 비견될 수 없었다. 특히 할머니 특유의 손맛으로 살려낸 새콤달콤한 초계탕은 펄펄 끓는 복더위를 한 방에 날려버렸다.

그렇게 즐겨먹던 초계를 더 이상 입에 대지 않은 이유는 순전히 민나리 때문이었다.

"얘들아, 니들 닭귀신 아니?"

나리의 입을 통해서 닭귀신이란 말을 들은 아이들은 흥분했다. 영악한 나리의 머릿속에서 창조된 닭귀신은 각종 탈을 쓰고 아이들과 함께 뛰어놀았다.

"초계탕 집 아들은 닭귀신이 씌었대요. 꼬꼬대액~. 꼬꼬두루두."

토종닭과 서양닭이 만나 춤을 추었다. 닭 벼슬이 부러진 수탉이 내 벼슬 내놓으라며 몸부림을 쳤다. 달걀을 빼앗긴 암탉귀신이 악다구니를 쓰다가 미쳐갔다. 이야기는 점점 과장되어 부풀었다. 놀 거리가 부족한 시골 아이들에게 그 이상 매력적인 놀잇감은 없었다. 미친 사람은 아빠가 아니라, 먹잇감을 앞에 둔 영악한 아이들이었다.

"야, 민나리!"

호기롭게 소리를 지른 아이는, 나의 수호천사 전수호였다.

"왜 불러?"

나리가 해볼 테면 해보라는 듯이 배짱을 내밀었다.

"정이나 아빠는 판사야. 판사가 얼마나 똑똑한지 니들 알지?"

"판사 같은 소리 하고 있네. 미친 사람이 판사 하는 거 봤냐?"

민나리가 맞받았다.

"야, 우리 동네에 이나 아빠만큼 똑똑한 사람 있으면 나와 보라고. 영어도 잘하고, 한문도 잘 쓰고, 모르는 거 있으면 말해 봐. 민나리, 니네 아빠 영어 잘해?"

"흥, 벼엉신."

민나리가 입을 비쭉였다.

"뭐라고?"

수호는 나리를 향해 머리대포를 던졌다. 그 바람에 나리가 엉덩방아를 찧었고, 온 힘을 머리로 쏟아부은 수호는 중심을 잡지 못한 채 나동그라졌다. 소동 끝에 담임은 그제야 나를 놀리는 아이들을 나무

랐다. 뒤늦은 담임의 꾸지람으로 아이들의 놀림은 멈추었지만, 나는 날마다 괴상한 닭귀신에게 시달렸다.

할머니의 큰절 두 번으로 계명재가 끝났다.

"이제 되었다."

할머니와 은옥이 저녁상을 차렸지만, 나는 없는 밥맛을 핑계로 이층으로 올라왔다. 이제 이런 우스꽝스런 짓은 이번으로 끝이다. 내년이면 무슨 일이 있어도 지긋지긋한 이 집을 떠나고 말 테다. 할머니가 아무리 불쌍한 얼굴을 해도 소용이 없다. 나는 계단 하나하나를 힘주어 밟으며 입술을 깨물었다.

비틀즈의 렛잇비는 더 이상 들리지 않았다. 꼭꼭 닫힌 아빠의 방에서는 불빛 하나 새어 나오지 않았다. 대신 가느다랗게 코 고는 소리가 들렸다. 그새 태평스럽게 잠이 들었나 보다. 돌아버린다는 건 참 편하다. 먹고 싶으면 먹고, 자고 싶으면 자고, 아무 때나 실실 웃음이나 쪼개고, 마음 내키는 대로 소리 지를 수 있으니 참 편하다. 혹시 아빠가 일부러 미친 척하는 건 아닐까. 세상 참 편하게 살고 싶어서. 처음으로 그런 생각이 얼핏 들었다. 아무래도 소주 두 잔을 뒤집어쓴 닭의 귀신이 내게 옮아왔나 보다. 이런 되지 않는 생각을 하는 걸 보면.

서둘러 방으로 들어왔다. 온종일 창문을 닫아놓은 탓에 방안은 후끈했다. 창문을 열고 싶었지만, 열지 않았다. 바로 길 건너에 있는 낡은 건물 때문이다. 몇 년 전까지 우리가 세 들어 살던 곳인데, 적절한

임자를 못 찾아 계속 비워둔 채였다. 나는 흉물스럽게 변하고 있는 건물을 볼 때마다 마음이 심란했다.

내 유년의 기억을 고스란히 간직한 곳. 추억이 서린 곳이라기보다 끔찍한 기억이 더 많은 곳. 하루빨리 새 단장이 되어 끔찍한 기억을 없앨 수 있다면 좋겠다.

이제 겨우 오월 단오인데 벌써부터 훅훅 찌는 게 올여름 더위는 예사롭지 않을 모양이다. 할머니로서는 좋은 징조다. 해마다 더해지는 찜통더위가 수많은 사람들의 발걸음을 임막순초계탕으로 인도할 테니 말이다. 반면 나는 지긋지긋한 닭 냄새에 시달려야 한다. 벌써부터 속이 메스꺼워지려고 했다.

"덩그렁."

가마솥 뚜껑을 여는 소리가 꼭꼭 닫은 창문 틈새로 새어들었다. 이어서 철퍼덕 바가지 물이 대형 가마솥 안으로 쏟아지는 소리. 은옥의 천진난만한 웃음소리가 그 위에 추임새를 넣었다. 할머니의 가마솥은 그 옛날 할아버지가 돌아가신 후 양계장 닭을 쪄내기 위해 구입한 것이었다. 아빠 나이 올해 쉰셋이니 오십 년이 훌쩍 넘었다. 할머니가 정성스레 닦고 기름칠을 먹여 아직 반들반들한 젊음을 유지하고 있는 무쇠솥, 불땀 좋은 참나무 장작불을 온몸으로 받아낸 솥, 해마다 수백 마리의 닭을 품은 솥.

할머니는 계명재가 끝나면 늘 무쇠솥을 닦음으로 그해의 장사 시작을 알린다. 무쇠솥은 뭉근하게 제 몸을 달구어 닭의 몸에서 필요 없는 영양분을 천천히 제거한다. 동시에 콧김을 내뿜어 닭의 몸속으로 약재의 좋은 성분을 골고루 배게 한다. 새벽녘이 되면 할머니는 가마솥에서 닭을 꺼내어 서늘한 곳에서 거풍을 시킨다. 거풍된 닭은 살과 뼈가 분리되어 실팍한 가슴살은 새콤달콤한 탕 속으로, 굵직한 닭다리는 굵은 소금과 함께 접시에 담긴다.

새벽이면 현관 앞에 '영업함'의 입간판이 세워지고, 그날의 닭이 다 소진되면 '영업끝'의 입간판으로 바뀐다. 수십 년지기 단골고객이 냉국수 한 그릇을 사정해도 할머니의 문은 절대로 열리지 않는다.

나는 슬그머니 몸을 일으켰다. 왠지 올해만큼은 무쇠솥을 닦는 일에 동참하고 싶었다. 그래야 조금이나마 마음의 짐을 덜 수 있을 것 같았다.

"왜 나오는 겨?"

가마솥에서 구정물을 퍼내던 할머니가 눈을 치떴다.

"내가 닦을게."

할머니 손에서 바가지를 뺏으려고 손을 뻗었다.

"안 되야."

할머니가 강하게 손을 내쳤다.

"이나도 한 번 해보게 해요. 이나, 해 봐. 이거 재밌어."

은옥이 생글생글 웃으며 바가지를 내게 건넸다. 매사에 긍정적인 은옥은 고된 일도 놀이로 변환시키는 기막힌 재주가 있었다. 그런 성품이니 일면식도 없는 한국남자를 따라 머나먼 타국으로 오지 않았을까.

"이게 놀이여? 심심한데 해보그로?"

할머니가 버럭 역정을 냈다.

"칫, 안 해, 안 해. 그까짓 거 안 해."

나는 짐짓 토라진 척 몸을 돌렸다. 아니나 다를까, 할머니가 당황한
표정으로 급하게 손짓을 했다.

"우리 강아지 토라진겨? 그려, 그리 해보고 싶음 한 번 해 부아."

울컥 눈시울이 뜨거워졌다. 할머니는 그랬다. 내가 토라질까 겁을
냈고, 행여 내 마음에 작은 상처라도 날까 싶어 노심초사였다.

나는 괜스레 약해지는 마음을 들키지 않으려고 가마솥에 있는 구정
물에 바가지를 담갔다. 보기보다 솥은 깊었다. 내 키의 절반을 숙여
야 겨우 바닥에 손길이 닿았다. 이렇게 깊은 솥을 키 작은 할머니는
어떻게 닦았을까. 키가 작기로는 은옥도 마찬가지였다. 셋 중에 그래
도 내가 가장 컸다.

"어어."

발끝을 세우려다 하마터면 가마솥 안으로 딸려 들어갈 뻔했다.

"그거 봐. 안 된다니께."

할머니와 은옥이 동시에 웃었다. 나도 웃음이 나왔다. 가마솥에 부
은 초벌 물을 다 걷어내자, 은옥이 호스로 물을 부어 다시 솥 안을 헹
궜다. 구정물을 다시 퍼내고, 또 닦아내고, 또 물을 부어 닦아내기를
서너 번. 가마솥 안이 깔끔해졌다.

"에구구."

참나무 장작을 한 아름 안고 온 할머니가 장작을 부려놓으며 신음 소리를 냈다.

"에구, 허리야."

주먹으로 허리를 두드리며 할머니는 '휘유.' 바람 소리를 냈다.

"아유, 저를 시키시지."

은옥이 책망하듯 말했다. 60도 가까이 굽은 허리, 타원을 그리고 있는 두 다리가 할머니의 지나온 세월을 말해주고 있었다. 나는 눈길을 돌려 약해지려는 마음을 야멸치게 다잡았다.

03

달의 아래

앞에서 두 번째 자리. 땅꼬마 수호의 자리다. 그 자리가 내리 보름째 비어 있다. 비스듬하게 뒤쪽인 내 자리에서 잘 여문 도토리처럼 단단한 수호의 뒤통수는 언제나 잘 보였다. 전통적인 수업 형태를 퇴물로 여겼던 작년 담임이 좌석 고정은 인권침해라며 자유롭게 앉을 것을 권했을 때도 수호는 그 자리를 고집스럽게 지켰다. 그건 나를 향한 수호의 한결같은 마음이었다.

이나야, 걱정 마. 나 여기 있어. 너를 위해서라면 언제든지 온몸을 던져 막아줄 거야. 여기 이대로 꿋꿋하게 지키고 있을 테니 너는 편안하게 있어.

나는 말 없이 전해지는 수호의 메시지를 읽으며 위안을 얻곤 했다. 한집안 식구처럼 임의롭던 우리는 중학생이 되면서 자연스럽게 물과

기름처럼 겉돌았지만, 묘하게 수호와 나의 촉수는 늘 서로를 향해 뻗어 있었다. 마치 보이지 않는 끈이 연결되어 있다고나 할까.

수호의 별명은 오지라퍼다. 오지라퍼는 물불 안 가리고 나서기를 좋아하는 사람을 부정적으로 일컫는 말이지만, 불의를 보면 참지 못하고 싸워주는 사람을 에둘러 풍자적으로 표현한 말이기도 하다. 즉 수호는 내게 있어 정의의 사도이며, 수호천사라는 말이다.

"이나야, 이리 나와 봐."

연재가 눈짓을 하며 복도로 나갔다. 새로운 소문을 들었을 때 나타나는 연재의 버릇이었다. 연재는 참새처럼 소문을 잘 물고 왔다. 내가 연재와 친하게 지내는 이유 중에 하나였다. 마을과 뚝 떨어진 큰길가에 사는 나는 늘 마을 소식에 둔했다.

초등학생 시절부터 함께 자란 우리들은 서로에 대해 뼛속까지 알고 있었다. 누구네 집에 어떤 손님이 왔는지, 누구네 엄마아빠가 간밤에 부부싸움을 했는지, 누구네 아빠가 읍내 새로 생긴 카페를 자주 드나들며 쓴 커피를 즐긴다는 소소한 사생활까지 거침없이 드러났다. 그런 일들은 밭일을 하는 할머니들의 심심풀이 땅콩이 되었고, 국내 유수의 골프장에서 잡초를 뽑는 아줌마들의 스트레스를 해소시켜 주는 활력소로 작용하다가 저녁 밥상의 맛난 반찬으로 둔갑되기 일쑤였다. 아이들은 밥상머리에서 주워들은 이야기를 학교라는 공간으로 물고 와 마치 큰 비밀인 양 숙덕거렸다. 늘 그런 소식에 뒤처진 나는 저절로 왕따가 되곤 했다.

"수호, 있잖아. 걔 완전 또라이야."

연재의 말투에 경멸과 조소가 섞였다.

"무슨 말이야?"

"리사 선생님 말고도 펜션에 온 여자들도 촬영했다나 봐."

"정말이야? 누구한테 들었어?"

심장이 덜컥거리다 못해 뚝 멈춰버린 것처럼 숨이 가빠왔다.

"동네에 소문이 다 났어. 수호네 고모가 그러더라. 그 사람들이 학교까지 연락해서 난리를 쳤다는데."

"말도 안 돼."

고모라는 사람이 창피한 줄도 모르고 그렇게 까발릴 수 있는지 화가 났다. 아직 학교에서는 수호에 대한 소문만 무성할 뿐 구체적인 결정은 보류된 채였고, 담임도 그 일에 대해서 입을 꾹 다문 상태였다.

"원래 수호네 고모, 그렇잖아. 이참에 수호를 내보낼 절호의 기회를 얻었다고 생각할걸."

연재가 입을 비쭉댔다. 연재의 말은 옳았다. 수호는 어려서 펜션 사업을 하는 고모에게 맡겨졌고, 고모는 수호를 귀찮은 혹처럼 여긴다는 걸 연재와 나는 잘 알고 있었다. 그동안 수호가 눈치 빠르게 펜션 일을 도우며 잘 견뎌왔는데, 결국 이런 어리석은 일로 내쫓기는구나 싶었다.

"어떡하니? 그 또라이."

연재가 발을 동동 구르며 안타깝다는 듯 숨을 몰아쉬었다.

"이제 어떡하니?"

해답을 기다리는 사람처럼 같은 말을 되뇌며 나를 바라보았다.

"아, 몰라. 내가 어떻게 알아?"

나는 괜한 연재에게 버럭 소리를 지르고는 화장실로 뛰어갔다. 문을 닫고 변기 위에 털썩 주저앉았다. 실망과 함께 치솟는 분노를 억제하기 어려웠다. 전수호, 이 개자식. 정말 어쩌자고.

올봄 수호는 처음으로 스마트폰을 마련했다. 펜션 일을 도우며 손님들이 챙겨준 팁을 모아 샀다나.

"이나야, 이거 완전 신상이야. 화질 정말 끝내주거든."

그러면서 느닷없이 내 얼굴에 대고 찰칵, 폰카 스위치를 눌렀다.

"야아!"

가뜩이나 이마에 좁쌀 여드름이 돋아나서 짜증이 나 죽겠는데, 화질 좋은 폰카에 찍히면 그 모습은 안 봐도 비디오였다.

"히히히, 이것 봐. 너 그러고 보니 모공 진짜 크다. 완전 귤껍질인데."

예상했던 대로 수호는 폰을 들여다보며 킬킬거렸다.

"야, 너 죽었어."

나는 와락 수호에게 대들었고, 수호는 다람쥐처럼 요리조리 잘도 피했다. 결국 수호의 폰을 빼앗아서 내 사진을 삭제했지만, 그날 수호와 나는 나란히 손가락 하트를 그리며 셀카를 찍었다. 그런데 그 폰이 결국 수호의 발목을 잡을 줄이야.

"이나야, 정이나. 뭐해?"

연재가 화장실 문을 두드렸다.

"아, 왜? 나 지금 볼일 보고 있잖아."

이럴 때는 좀 모른 척 해주면 좋으련만 연재는 나를 챙겨야 할 의무라도 있다는 듯이 귀찮게 굴었다.

"빨리 나와. 수업 종 쳤어."

"알았어. 너 먼저 가."

손바닥으로 얼굴을 문질러 눈물 자국을 없앴다. 일부러 늘쩡거려 시간을 보내고는 밖으로 나왔다. 연재는 그때까지 문 앞에 서 있었다.

"너 울었구나."

오지랖이라면 전수호 못지않은 강연재는 기어이 내 속을 긁었다. 강연재, 애는 다정도 지나치면 병이 된다는 걸 좀 알았으면 좋겠다.

"울기는, 미쳤냐?"

쏘아붙이고는 교실로 뛰어들어갔다.

이층으로 오르는 바깥 계단에 발을 얹으려다가 나는 멈칫했다. 홀 안에 불이 꺼졌기 때문이다. 휴대폰을 꺼내 시간을 확인했다. 저녁 일곱 시 반, 아직 초저녁이다. 가게 문을 닫기에는 이른 시각이었다.

계단참에 올렸던 오른발을 거두고는 식당 현관문을 열었다.

"이나 왔어?"

문을 열고 들어서자 주방 안에서 은옥이 고개를 빼끔 내밀었다. 뒷

설거지를 하던 중이었나 보다. 푸른 형광불빛이 은옥의 마른 얼굴을 비스듬히 비추고 있었다. 불빛 탓인지 은옥의 얼굴은 더 파리하게 보였고, 웃음 띤 눈은 더 퀭하게 보였다.

"일찍 끝났네요. 할머닌요?"

"들어가셨어. 오늘은 완판이야."

은옥은 엄지를 척 올리며 어깨를 으쓱했다. 입가에 흐뭇한 미소가 걸렸다. 완판을 하는데 자신도 한몫했노라는 자부심에서 오는 미소였다.

"완판이요? 흐흐흐."

얼마 전부터 홈쇼핑을 열심히 보더니, 은옥은 요즘 '완판'이란 용어를 아무 데나 자주 갖다 붙였다. 양파 한 자루를 다 까고도 완판, 오이 한 자루를 다 씻어도 완판이었다. 어쨌든 완판은 근래에 드문 일이어서 마음이 놓였다. 할머니가 건재해야 홀가분하게 떠날 수 있을 테니까.

할머니 말에 의하면 재작년부터 김영란 법인가 뭔가가 생겨서 골프 손님들이 확 줄었다고 했다. 골프 손님들 중 절반 이상은 공짜로 공을 치고, 공짜 초계탕을 먹는 사람들인데 공짜를 못 하게 하는 김영란법 때문에 골프장도 망하게 생겼고, 더불어 임막순초계탕도 망하게 생겼다며 할머니는 한숨을 쉬었다.

수년 전 대기업 계열사에서 월산에 골프장을 짓는다는 소문이 퍼졌을 때 마을 사람들은 왈가왈부했다. 월산을 파헤치면 산의 정기가 사라져 마을에 전염병이 돌고 인심이 흉흉해진다는 쪽과 지금이 어느 시댄데 그런 미신을 지껄이느냐, 골프장이 생기면 도로가 좋아지고 일자리 창출도 될 거라는 쪽이 서로 맞섰다. 골프장 건설을 반대하는 쪽은 주로 사고가 꽉 막힌 몇 안 되는 노인들이어서 골프장 건설은 쉽게 결정이 되었다.

"기회는 날이면 날마다 오는 뱁이 아니여. 사람은 기회가 올 때 잡아야 혀."

할머니는 곧 농협 적금과 예금을 몽땅 해약하여 지금의 2층 건물을 번듯하게 올렸다. 아래층은 식당, 이층은 살림집. 낡은 주방 집기들은 버려지고 설거지 기계를 비롯한 첨단도구들이 들어왔다. 이층에는 내 방과 할머니 방, 은옥의 방이 구분되었다. 은옥의 방은 원래 아빠를 위한 것이었으나 아빠가 다락방을 선호하는 바람에 은옥의 차지가 되어버렸다.

할머니의 예지력은 적중했다. 골프장이 생기고 얼마 지나지 않아 고속도로 인터체인지가 생겼다. 조용하던 하월은 주말만 되면 도로 정체현상이 빚어졌고, 더불어 말끔하게 단장한 임막순초계탕은 호황에 호황을 누려왔다. 그런데 그놈의 김영란법 때문에 올해는 주말을 제외한 평일에는 완판이 어려웠는데 근래 드물게 완판이라니 은옥이 기뻐할 만도 했다.

이층으로 올라오니 할머니가 거실 바닥에 오도카니 앉아 있었다. 바람 빠진 공처럼 쭈그러진 등이 어둠 속에서 도드라져 보였다.

"할머니!"

"운냐."

할머니가 느리게 등허리를 폈다. 형광등 스위치를 찾아 버튼을 꾹 눌렀다. LED 형광빛이 묵직한 거실의 분위기를 순식간에 둥실 떠오르게 만들었다.

"오늘 완판이라면서요?"

짐짓 명랑하게 소리를 높였다. 부신 눈을 찡그리며 할머니가 벙싯 웃었다.

"그려."

"우와, 우리 할머니 대단혀."

나는 호들갑을 떨며 할머니에게 다가갔다.

"할머니, 피곤하지?"

할머니의 어깨를 꾹꾹 주물렀다.

"괜찮여. 늘 하는 일인데 뭘."

할머니가 팔을 돌려 내 손을 그러쥐었다. 손가락 마디가 앙상한 할머니의 손은 축축했다. 조금 전까지 할머니가 주방 일을 했다는 증거다. 나는 앙상한 할머니의 어깨를 꾹꾹 주물렀다. 살집이라고는 없는 할머니의 어깨뼈가 내 손아귀에서 바삭 소리를 내며 부서질 것 같았다. 나는 슬그머니 아귀에 힘을 빼며 부드럽게 주물렀다.

"피곤하제? 쉬엄쉬엄 혀. 공부혀서 뭣에다 쓸겨?"

"공부 안 혀. 걱정 마셔. 하루종일 놀다 왔슈."

"흐흐, 잘혔다."

할머니가 내 손등을 투덕투덕 두드렸다.

"할머니도 쉬엄쉬엄 혀."

"할미는 시간이 없어. 살날이 얼마 안 남았으니께. 내 없어도 이나니가 애비랑 굶지 않고 살려면 할미가 부지런히 혀야 혀."

할머니가 없는 세상, 할머니가 없는 집. 상상하기 싫다. 그것도 아빠와 단둘이 남은 세상이라니. 끔찍하다. 그러기 전에 내가 먼저 떠나야 한다.

"아이고, 아프다. 살살 혀."

나도 모르게 아귀에 힘을 주었나 보다.

문득 눈길이 다락방 쪽으로 옮아갔다. 문틈 사이로 노란 불빛이 새어 나왔다. 이 더위에 촛불이라니. 아빠다웠다. 가슴이 훅 달아올랐다.

한밤중 퍼뜩 잠에서 깨어났다. 분명 엄마의 웃음소리였는데 깨고 보니 엄마는 가뭇없이 사라졌다. 사방이 고요했다. 기분이 좋지 않았다. 꼭꼭 닫아놓은 창문 탓인지 속이 갑갑했다.

폰 시계로 새벽 4시 33분. 잠깐 잠이 든 것 같은데 어느새 훌쩍 새벽이다. 창가로 가서 문을 열었다. 기다렸다는 듯이 새벽공기가 쑤욱 밀려 들어왔다. 서늘하고 달콤했다. 동시에 푸릇한 풀냄새가 훅 끼쳐왔다. 나는 풀냄새를 처음 맡는 사람처럼 가슴 깊이 숨을 들이마셨다. 월산 위로 눈썹달이 새치름한 눈길로 나를 내려다보고 있다. 아슴아슴 빛을 잃어가는 걸 보니, 애처로운 그믐달이다. 하월에 딱 어울리는 풍경이다.

'하월'이라는 마을 이름에서 풍기는 어감은 그리 좋지 않았다. 달의 아래. 얼핏 보면 낭만적이고 신비로운 분위기를 자아내지만, 풀이하자면 '여자의 그곳 아래'라는 뜻이었다. 월산 깊숙이 우묵하게 들어간 산세가 여자의 그것을 연상시킨다는 말은 어려서 세월리 고모에게서 들었다.

"하필이면 그때 닭장사가 대박 날 게 뭐람."

할머니가 양계장을 정리하여 도시로 떠나지 않고 하월에 눌러 살게 된 일을 고모는 두고두고 안타까워했다. 그때 도시로 떠났더라면 고모의 삶은 달라졌을 거라고. 고모가 도시에서 학교를 다니고 도시 남자와 결혼을 했다면 지금쯤 업그레이드된 삶을 살고 있을까. 할머니가 하월에 주저앉은 통에 고모는 지금 임막순초계탕 세월점에서 여름철 내내 닭과 함께 생활하고 있다. 요즘 들어 고모의 가장 큰 불만은 아무리 노력해도 할머니의 초계 맛을 낼 수 없다는 것이다. 야속한 할머니가 가장 중요한 비법 하나를 절대로 전수하지 않는다며 며칠 전에도 할머니와 말다툼을 벌였다.

"무딘 니 솜씨 탓을 혀. 애먼 사람 잡지 말고."

할머니가 단호하게 잘랐지만, 고모는 믿지 않았다.

"으이그, 그 속셈 누가 모를 줄 알고. 내가 오빠 기를 누를까 봐 그러는 거잖아. 여자가 남자보다 잘 되면 어디가 어때서 그래? 나참, 사람 구실도 못하는데 뭘 그리 싸고돌아?"

"뭐시여, 시방?"

빽빽거리는 고모는 할머니에게 결국 등짝을 얻어맞고 말았다.

"그런 말 하려거든 다신 얼씬도 하지 마. 망할 년."

고모는 할머니에게 왕창 욕을 얻어먹고 씨근벌떡거리며 돌아갔다.

어쨌든 고모의 말을 빌리면 하월은 음기가 세서 과부들이 많은 곳, 더불어 남자들의 기를 죽여 큰 뜻을 펴지 못하는 곳이었다. 그 이유로 할머니가 청상과부가 되었고, 아빠는 관운을 펼치지 못했다는 논리였다. 그런 생각은 비단 고모뿐만이 아닌 듯했다. 어른들이 얼마 전부터 마을 이름을 개명하자는 의견들을 내고 있는 걸 보면 말이다.

"호호호, 아이. 그만이요."

문득 간드러진 여자 목소리가 어스름 빛을 뚫고 내게까지 전달되었다. 은옥이다. 이어서 키득거리는 웃음. 저 소리였던가. 내 잠을 깨운 것은. 징그럽고 싫다. 정신 줄을 놓은 사람이라도 여자의 치마 속과 달의 아랫도리는 궁금한 모양이었다. 순간 속이 욱하고 치받쳤다. 분노의 근원이 은옥인지, 정신 나간 저 인간인지, 아니면 말 한마디 없이 떠나버린 전수호인지 정확하게 알 수 없었다.

"스스스 데엥~."

할머니가 가마솥 뚜껑을 여는 소리였다. 나는 소리만 듣고도 할머니가 솥뚜껑을 여는지, 닫는지 알 수 있다.

스스스 데엥. 뚜껑을 밖으로 밀어내어 여는 소리다.

터엉, 스스스. 뚜껑과 솥이 먼저 둔탁하게 부딪치면 닫는 소리다.

익숙한 닭 냄새가 새벽바람을 타고 솔솔 올라와 코끝을 자극했다. 지난밤부터 지금까지 아궁이 앞을 지키고 있었을 할머니. 오월 단오부터 입추 상강 때까지 밤잠을 자는 할머니를 나는 지금껏 본 적이 없다. 할머니는 닭의 계절이 끝나면 동면하는 개구리처럼 겨우내 잠을 잤다. 마치 일 년 잠을 한꺼번에 몰아서 자는 사람처럼. 그게 사람으로서 가능한 일일까. 지금도 할머니의 잠은 내게 있어 불가사의하다.

잠들기 전에 곁을 지켜주던 할머니가 만져지지 않았을 때 느꼈던 절망감과 공포가 생생하게 살아났다. 할머니마저 나를 남겨두고 떠나버렸을까 봐 얼마나 가슴 졸였던가. 정신이 나가버린 저 인간과 함께 덩그러니 남겨질까 봐 얼마나 두려웠던가. 남겨지는 것보다 남기고 먼저 떠나버리는 게 훨씬 나았다. 이제 얼마 남지 않았다. 내가 먼저 떠날 날이. 뒤 같은 건 절대로 돌아보지 않겠다. 미련 없이 떠날 테다.

나는 살며시 창문을 닫고 침대로 돌아왔다. 보지 않고 듣지 않으려고 눈을 감고 귀를 막았지만 할머니가 움직이는 소리는 또렷이 들려왔다. 가마솥에서 닭을 꺼내는 소리, 커다란 채반에 담아 그늘막 아래 늘어놓는 소리, 대형선풍기가 만들어내는 위잉 소리. 꼬들꼬들 쫄깃쫄깃 거풍되는 닭의 신음소리⋯⋯. 맞다. 나를 깨운 건 시시덕거리는 소리가 아니라 바로 닭들의 신음소리였다.

이윽고 은옥이 나가는 듯 방문을 여닫는 소리가 보태졌다. 나는 이불을 끌어당겨 얼굴을 덮었다.

04

수호천사 해고

폰이 울렸다. 낯선 번호였다. 받을까 말까 망설이다가 폰을 열었다.

"이나야, 나."

수호의 목소리를 듣는 순간, 울컥 코끝이 매워졌다. 나는 침을 꿀꺽 삼키고는 소리를 빽 질렀다.

"야, 너 어디야?"

"어어? 귀청 떨어지겠어. 왜 그렇게 소리를 질러?"

수호는 아무 일도 없었던 사람처럼 천연덕스러웠다. 그게 더 얄미웠다. 눈앞에 있었다면 발끝으로 정강이를 걷어찼을 것이다.

"나와. 알지? 숲속 카페."

"카페?"

기가 막혔다. 이 상황에서 카페라니. 팔자 좋게 웬 카페냐고 따질 상황이 아니었다.

"거기 꼼짝 말고 있어."

어떻게 카페까지 한달음에 달려왔는지 모르겠다. 몇 년 전 문을 연 숲속 카페는 간판만 숲속을 갖다 붙였을 뿐, 대로변 가에 자리 잡고 있었다. 워낙 드나드는 손님이 적어 우리 같은 중학생이 사복을 입고 들락거려도 모른 척 눈 감아 주었기에 수호처럼 배짱 좋고 넉살 좋은 아이들이 가끔 드나들었다. 나도 수호를 따라 두어 번 와봤던 곳이다.

현관문을 열고 들어서자 카페 언니가 눈웃음을 지으며 턱짓으로 구석 자리를 가리켰다. 무성한 벤자민 화분 뒤로 얼핏 수호가 보였다. 저절로 걸음이 빨라졌다. 이미 자리에는 내가 좋아하는 바닐라 라떼와 수호가 즐겨 마시는 아메리카노가 나란히 놓여 있었다. 나는 씩씩거리며 맞은편 자리에 앉았다. 수호가 나를 보더니 씩 웃었다. 저 능청스러움이라니. 어이가 없었다.

"어디 있었냐?"

"이천."

수호가 무심한 표정으로 대답했다. 근 한 달 만에 보는 수호는 조금 말라 보였다. 잘 여문 도토리처럼 빽질거리는 이마에 일순 주름이 졌다가 펴졌다. 체한 것처럼 속이 답답해졌다.

"이천?"

도대체 중학교도 졸업하지 못한 아이가 거기서 뭘 할 수 있을까 싶었지만, 나는 묻지 않았다. 잠깐 동안 우리 사이에 침묵이 흘렀다. 카페 언니가 우리를 위해 음악의 볼륨을 높여 주었다. 요즘 한창 뜨고 있는 BTS의 Fake Love였다.

널 위해서라면 난
슬퍼도 기쁜 척할 수가 있었어

널 위해서라면 난
아파도 강한 척할 수가 있었어

I'm so sick of this Fake Love Fake Love Fake Love
I'm so sorry but it's Fake Love Fake Love Fake Love

지금까지 살아온 우리의 나날들이 왠지 종잇장처럼 가볍게 느껴졌다. Fake love처럼.

"나 취업했어."

아메리카노를 한 모금 홀짝 마신 다음, 수호가 담담하게 말했다. 취업이라는 단어가 낯설게 들렸다. 일순 수호가 어른처럼 보이며 안도감이 느껴졌다. 샐샐거리던 수호가 아닌 듯했다. 어느 모습이 진짜 수호일까. 노랫말처럼 나를 위해 슬퍼도 슬픈 척하지 않고, 아파도 강한 척하는 건 아닐까.

"취업? 어디?"

"도예 공장."

"도예 공장?"

뜬금없었다. 전혀 그림이 그려지지 않았다.

"흐흐, 그 표정은 뭐야? 나는 뭐 취업도 못할 줄 알았어?"

수호가 도자기 같은 걸 만들 리는 만무했다. 불현듯 초딩시절 동화책에서 보았던 장면 하나가 머리를 스쳤다. 도공 밑에서 잔심부름하는 아이였다. 짚신을 신고 가마에 쓸 장작더미를 나르고, 마당을 쓸고, 맨발로 진흙을 이기고……. 아이는 눈썰미가 좋았으나 도공은 절대 쉽게 공법을 가르쳐주지 않았다. 사사건건 트집을 잡고 혹독한 훈련을 시킨 탓에 아이는 서러워 울기도 하는. 나는 슬그머니 나오는 웃음을 깨물었다. 쥐방울처럼 까불거리는 수호와 진득한 그 아이와는 전혀 닮은 구석이 없었다.

"왜 웃냐?"

수호가 피식 웃으며 툭 던졌다.

"혹시 도예 견습생의 모습을 떠올리는 건 아니지?"

역시 수호와 나는 척하면 착이다. 나는 그만 입을 가리며 소리 내어 웃고 말았다.

"야아, 그런 거 아니거든. 인터넷으로 주문이 들어오면 포장해서 택배로 부치는 작업이야. 이런 머그컵 같은 거 말이야."

수호가 커피가 든 컵을 들어 보였다. 머그잔 표면에는 알 수 없는 기하학적 무늬가 아로새겨 있었다.

"물론 택배 부치는 건 어른들이 하지만 말이야."

나는 얼른 감이 잡히지 않아 가만히 있었다. 그윽한 예술적 환상에서 벗어나 답답한 현실로 돌아온 기분이었다. 어쩐지 맥이 빠졌다.

"난 그냥 포장만 하는 거야. 이런 컵이나 접시 같은 걸 깨지지 않게 뽁뽁이로 싸서 조그만 상자에 넣은 다음 스카치테이프로 붙이면 되거든. 별로 어렵지 않아."

수호는 남은 커피를 다 들이켜고는 뽁뽁이로 싸는 시늉을 해 보였다. 나는 '별로 어렵지 않아.'라는 말에 고개를 끄덕였다. 수호 말대로 별로 어렵게 느껴지지 않았다. 초등학생도 할 수 있는 일처럼 여겨졌다.

"그런데 하루 종일 하고 있으면 지겨워."

나는 또 고개를 끄덕였다. 생각해보니 정말 지겨울 것 같았다. 하루 종일 똑같은 일을 반복한다는 것이.

"어디서 자?"

"기숙사. 거기 기숙사 있어. 동남아 노동자들 자는데."

"뭐?"

동남아 노동자라는 말에 말문이 막혔다. 이제 겨우 열여섯 살인 남자아이가, 동남아 노동자들 틈바구니에서 먹고 잔다는 사실이 그려지지 않았다.

"나 돈 모아서 사업할 거야."

"사업? 무슨 사업?"

"아무거나."

"학교는 안 다니고?"

"학교?"

수호가 피식 웃으며 보일 듯 말 듯 고개를 저었다.

"야, 미쳤어? 중학교도 안 나오면 어떡하려고 그래?"

어느새 내 말투는 그렇고 그런 어른들을 닮고 있었다.

"나 자퇴했잖아. 몰랐냐?"

수호가 냉소적으로 웃었다.

"공부해서 검정고시 볼 수도 있어."

"검정고시 보면 뭐할 건데? 대학이나 갈 수 있고? 우리 공장장님도 그러더라. 대학 나와봤자 다 소용없다고."

"그럼 너, 그런 포장 하는 일 해서 밥 먹고 살 거야? 하루 종일 하면 얼마 받는데?"

나도 모르게 빈정거리고 있었다.

"지금은 아니지만 더 크면 최저임금 받을 수 있어. 이나 니가 대학생이 될 때쯤 말이야. 지금부터 차근차근 모아서 사업자금 마련할 거야."

"웃기지 마. 그게 말처럼 쉽겠니?"

"안 쉬워. 하지만 나 열심히 일할 거야."

"아후, 잘났다. 너 바보 아니야? 도대체 몰카는 왜 찍었냐? 바보 멍청아."

드디어 참았던 눈물이 찔끔 나왔다. 나는 황급히 주먹으로 눈두덩을 꾹 눌러 닦았다.

"그러게."

수호가 바보처럼 하얗게 웃었다. 너무 해맑아서 정말 바보 같았다. 울컥 화가 치밀어올랐다. 나는 거칠게 자리에서 일어났다. 의자가 뒤로 밀려나며 듣기 싫은 소리를 냈다.

"어, 이나야. 왜 그래?"

"넌 해고야."

나는 씹어뱉듯이 말을 하고는 그대로 달리기 시작했다. 전수호, 넌 오늘부로 정이나의 수호천사 해고다. 나쁜 자식, 바보 같은 자식.

한밤중에 톡 들어오는 소리가 났다. 연재인가 싶어 폰을 열었더니 수호의 메시지였다.

> 생각나냐?
> 반달. 돛대도 없이 삿대도 없이 잘도 간다, 서쪽 나라로.

웬 개풀 뜯어먹는 소리? 쓴웃음이 나왔다. 폰을 집어던지려는데 금세 메시지가 또 들어왔다.

나한테는 돛대도 없고 삿대도 없어.
그래도 반달처럼 잘 갈 거야. 너도 항해 잘해.

순간 심장이 저릿해졌다.

'반달'이라는 동요는 4학년 때 방과 후 학습 시간에 배웠다. 당시 우리는 전 학년이 리코더를 배워야 했는데 그때 배운 노래가 '반달'이었다. 나와 연재는 리코더 연주를 위해 계명을 외우느라 정신이 없던 참이었다. 수업을 마치고 집으로 가는 길에 마침 하늘에 하얀 반달이 떠 있었다.

"우아, 반달이다."

반달을 제일 먼저 발견한 사람은 나였다. 나는 반가운 마음에 손가락으로 하얀 반달을 가리켰다. 낮에 뜨는 달이 진짜로 하얗다는 것을 그때 처음 알았다.

"나 반달 노래 안다."

수호가 으스댔다. 연재와 나는 계이름만 알았지, 노랫말은 몰랐던 터라 불러보라며 재촉했다. 우리의 성화를 기다렸다는 듯 수호는 이내 노래를 부르기 시작했다. 당시 수호의 목소리는 남자아이답지 않게 퍽이나 곱고 낭랑했다. 그래서 구슬펐다. 연재와 나는 수호의 노래를 들으며 생전 처음으로 가슴이 찡해지는 감동을 경험했다.

"그 노래 되게 슬프다."

수호가 노래를 마치자, 툭하면 울음보를 터뜨렸던 연재가 눈물을 글썽이며 말했다.

"너 또 엄마 생각하지?"

눈치 없는 수호가 장난스럽게 말했다. 그 말을 신호로 연재의 눈물 샘이 툭 터지고 말았다.

"으앙!"

연재의 울음 끝은 길고도 질겼다. 나는 서럽게 흐느껴 우는 연재를 어떻게 달래야 할지 몰라서 마냥 눈치 없는 수호를 흘겨보았다. 연재의 울음이 잦아들 무렵 수호가 연재의 등을 톡톡 두드렸다.

"강연재, 울지 마. 반달은 돛대도 삿대도 없이 잘도 가잖아. 엄마 아빠 없어도 우리 씩씩하게 살 수 있어."

나는 의젓하게 말하는 수호를 멍하니 바라보았다. 어떤 모습이 진짜 전수호인지 헷갈려서였다. 그 말에 연재는 울음을 뚝 멈추었고, 우리는 금세 깔깔거리며 집으로 돌아갔다.

그 날을 기억하고 있다니. 종잡을 수 없는 놈, 전수호다웠다. 나쁜 놈, 미워할 수 없는 얄미운 놈. 흥! 그래도 그래봤자야, 전수호. 진짜로 넌 정이나 수호천사에서 오늘부로 해고다. 땅땅! 마음속으로 몇 번이나 의사봉을 두드리며 입술을 깨물었다. 나는 이불을 뒤집어쓰고 오래도록 울었다.

05

수상한 사람

종례시간에 전달사항을 마친 담임이 내게 눈짓을 했다.

"정이나, 진학상담."

며칠 전부터 고등학교 진학상담을 시작한 담임은 책상 위에 내가 제출한 진학 희망서를 펼쳐놓고 있었다.

"도예 고등학교? 이게 뜬금없이 뭔 소리니?"

담임의 외꺼풀진 눈이 한껏 치켜 올라갔다.

"말 그대로예요. 도예고등학교 간다고요."

도예 고등학교는 유네스코 창의도시인 이천에 있는, 전문 도예인을 육성하는 특성화 고등학교다. 도예에 '도'자도 모르는 내가 선택한 이유는 수호 탓이 컸다. 수호가 아니었다면 이천에 도예 고등학교가 있는 줄도 몰랐을 거고, 그곳에 기숙사가 있다는 것은 더더욱 몰랐을 터였다.

"왜 거기 가려고 그래? 너 도예 배워본 적 없잖아."

"가서 배우면 돼요."

"가서 어떻게 배워? 일단 합격을 해야 할 거 아니야."

담임이 한숨을 쉬었다. 답답하다는 듯이, 한심하다는 듯이. 나도 내가 한심했다. 답답하긴 마찬가지였다. 그러나 나는 무슨 일이 있어도 떠나야 했다. 대학에 갈 때까지 앞으로 3년이나 더 견디고 싶지 않았다.

"할머니하고는 의논을 했니?"

"할머니는 나 하고 싶은 대로 하라고 하세요."

'공부만 아니면.'이란 뒷말은 꿀꺽 삼켰다.

"그래? 하긴 뭐 특기만 있으면야 좋긴 하지. 그런데 넌……."

담임이 말을 잇지 않고, 나를 올려다보았다. 알아요, 선생님. 내게 특기 같은 게 있을 리가 없죠. 나는 마음속으로 대답했다.

"이나야, 거긴 도예나 조소분야 대회에서 상을 받은 아이들이 모이는 곳이야. 말하자면 특기가 있는 아이들, 장래 미술대학으로 진학을 하거나 전문 도예인으로 살아갈 아이들이 가는 곳이야. 학교 성적만 가지고 가는 곳이 아니야. 알겠니?"

내가 대답이 없자 담임이 또박또박 다시 강조했다.

"학교 성적만 갖고 가는 곳이 아니라고. 거긴 특기가 있어야 하는데야. 알겠니?"

"알아요."

나도 이미 학교 홈페이지에 들어가서 입시요강을 검토해봤다. 학교 성적은 물론 실기전형이 있고, 도자기 공예 기능사 자격증이 있거나 학교에서 도예동아리 활동을 2년 이상 한 사람에게는 특수가산점이 주어진다. 나는 도자기 공예기능사 자격증은커녕 도예동아리 활동조차 한 적이 없다. 거기다 도예에 관심을 가져본 적도 없다. 나 같은 애가 원서를 넣는 것은 무모한 일임을 나도 안다. 그렇지만 희망이 아주 없는 건 아니었다. 입시전형방법을 꼼꼼하게 살펴본 결과 '진로적성 특별전형' 모집이 눈에 띄었다. 말하자면 학교를 졸업하고 동일계열의 취업을 희망하는 학생을 모집하는 것이다. 담임의 추천서와 봉사활동, 취업희망서, 자기소개서가 중요한 비중을 차지하고 있었다. 도자기 공예기능사 자격증이나 정보처리기능과 워드프로세서 등의 자격증에 가산점이 주어지긴 했지만 비중이 크지 않았다.

"대학은 안 갈 거니?"

"선생님, 저 취업할 거예요. 취업해야 해요."

짐짓 간절한 표정을 지어 보였다. 가족의 생계가 내 어깨에 달렸다는 듯이. 나이 많은 할머니, 정신 나간 아빠. 이 정도라면 내게 얼마나 취업이 절박한지 이해할 수 있을 것이다.

"취업이 하고 싶다면 조리과학 고등학교는 어때? 그곳에서 요리를 배워 할머니 뒤를 이으면."

"싫어요!"

나도 모르게 날카롭게 부르짖었다. 할머니 뒤를 이어 평생 닭 냄새나 맡고 살라는 말은 내게 있어 모욕이었다.

"어, 그...그래."

내가 과격하게 반응하자 담임이 얼굴을 붉혔다.

"일반고 가서 대학 가면 좋을 텐데. 너 정도 머리라면 충분히 좋은 대학 가능해. 농어촌 가산점도 있잖아."

내가 아무 말 않자, 담임은 알겠다는 듯이 고개를 끄덕였다. 우리 학교 선생님치고 내 사정을 모르는 분이 있을까. 특히 담임이라면 학기 초에 우리 집 사정에 대해 소상히 전해 들었을 것이다.

"알았어. 대신 지금부터라도 도예를 배워야 할 거야. 경쟁률이 심한 건 아니지만 실기시험도 있으니까."

"네."

교무실을 나서는데 담임 말이 뒤따라 나왔다.

"누구 도예작가 잘 아는 분 없어요?"

담임은 내게 도예 작가 선생님을 소개해 줄 모양이었다. 저런 어쭙잖은 친절이 수호를 궁지에 몰아넣었다. 먼저 리사에게 양해를 구했으면 선처를 해주었을지도 모르는 일이었다. 지혜롭지 못한 담임이 원망스러웠다.

수업이 끝난 복도는 조용했다. 전교 학생 수가 수십 명에 불과한 학교인지라 3학년 수업이 끝나면 학교 안은 언제나 고즈넉했다. 복도 끝에서 리사가 나를 보더니 손을 흔들었다. 볕을 등지고 있어서 그런지 몸집이 더 뚱뚱해 보였다. 리사는 하얀 이를 드러내며 환하게 웃었다.

"하이, 이나."

나는 살짝 고개만 숙이고는 빠르게 복도를 빠져나왔다. 그 일 이후로 리사가 꼴도 보기 싫어졌다. 친절한 것도, 상냥한 것도 역겨웠다. 조금만 너그럽게 봐주었다면 수호는 떠나지 않았을 텐데. 꼭 그렇게 쫓아내야 속이 시원했을까. 나아가서 한 남자아이의 장래에 대해서는 안중에도 없었던 걸까.

수호가 없는 학교, 수호가 없는 교실. 내게 있어서 그게 어떤 기분일지 리사가 상상이나 할 수 있을까. 지긋지긋한 이곳을 빨리 떠나고 싶다. 그러자면 무슨 일이 있어도 기숙사가 있는 도예 고등학교에 진학해야 한다. 아무리 취업 전형이라지만, 쟁쟁한 경쟁자들이 올 텐데. 걱정이 되었다. 아, 모르겠다. 고등학교에 가지 못하면 수호처럼 도자기 공장에서 알바라도 하지 뭐. 그러나 동남아 노동자가 득시글거리는 숙소에서 여자인 내가 견딜 수 있을까. 또 미성년인 나를 받아줄지도 의심스러웠다. 지금 열아홉 살이라면 훌훌 털고 아무 곳이나 갈 수 있을 텐데. 빨리 어른이 되고 싶은데 아직 3년이나 기다려야 한다는 사실이 답답했다.

"이나야."

현관을 나서는데 연재가 붙들었다. 집으로 가지 않고 나를 기다렸나 보다.

"너도 월촌 갈 거지?"

연재가 확인하듯 나를 빤히 쳐다봤다. 월촌은 읍내에 있는 일반 고등학교로 우리 학교 졸업생 대부분이 진학하는 곳이다. 내가 선뜻 대답을 하지 않자, 연재가 소리를 높였다.

"아, 뭐야? 너 정말 도예고 갈 거야?"

"응."

"아, 왜애?"

연재가 걸음을 뚝 멈추며, 짜증 난다는 듯이 발을 굴렀다.

"그냥. 기숙사가 있잖아."

"그게 말이 돼? 기숙사가 그렇게 중요해?"

"응. 중요해, 아주."

"너 똑 떨어질 거야."

"아주 저주를 해라. 저주를 해."

나는 연재의 팔뚝을 꼬집고는 앞장서서 걷기 시작했다.

"아오, 저게 그냥."

연재가 주먹을 들이대며 눈을 흘겼다.

"너도 같이 갈래?"

연재와 기숙사에서 같은 방을 쓰면 얼마나 재미있을까.

"미쳤니?"

농담처럼 툭 던졌는데 연재가 진지하게 받았다. 연재의 눈에 벌써 물기가 어렸다. 나와 헤어질 생각을 하니 마음이 아린 모양이다.

울보 강연재는 참 못 말린다. 연재는 2학년 때 서울에서 전학을 왔다. 당시 연재는 키가 작고 깡말랐다. 조그만 애가 걸핏하면 울었다. 그림을 못 그려서, 신발주머니를 잃어버려서, 줄넘기를 못 해서. 심지어는 코스모스꽃이 다 져버렸다며 울었다. 연재가 우는 이유는 언제나 다양했고 나름대로 타당했다. 처음엔 뭐 저런 바보 같은 애가 다 있나 여기고는 속으로 경멸했다. 그런데 짝꿍이 되면서 연재가 울 수밖에 없었던 이유를 알게 되었다. 연재는 당시 부모의 이혼으로 갑작스레 할머니에게 맡겨졌다고 했다. 모든 게 두렵고 무서웠노라고. 울면 엄마가 와 줄 것 같았노라고. 우리는 할머니 손에서 자라는 공통의 이유로 금세 마음이 통하게 되었다. 학년이 올라가면서 연재와 나는 차츰 스스로 버티는 방법을 터득했고 단단해져 갔다.

연재 할머니는 연재를 위해 닥치는 대로 일을 하신다. 밭에 모종을 내는 일, 풀을 뽑는 일, 골프장에서 공 줍는 일 등등. 그 품삯으로 연재 공부를 시키고 생계를 잇는다. 연재는 할머니가 늘 아플까 봐 걱정이다. 그런 연재가 할머니를 혼자 두고 기숙학교로 진학할 수 없다는 걸 나는 너무나 잘 알고 있었다.

"정이나, 넌 좋겠다. 은옥 아줌마도 있고 아빠도 있잖아."

"그래서 뭐, 부럽니?"

"네가 없더라도 은옥 아줌마가 할머니를 살뜰하게 보살필 거잖아. 아무리 외국 사람이라도."

아, 오늘은 정말 강연재를 잘못 건드렸다. 심심하면 읊어대는 고정된 레퍼토리, 어디서 어떻게 흘러들어왔는지 근본을 알 수 없는 여인

팜 티 응옥과 아빠가 그렇고 그런 사이가 된 이야기들, 한물 간 레퍼
토리. 아무리 부풀려지고 살이 붙어 흥미진진해졌더라도 막장드라마
일 뿐이다. 그런데 연재가 지금 막장드라마가 재미있다며 동네 할머
니들처럼 말하고 있는 것이다. 내 친구, 강연재가.

"강연재, 너 솔직하게 말해 봐. 너도 떠나고 싶지?"

복수하듯이 연재의 아픈 곳을 찔렀다.

"너, 점점. 난 아니거든. 절대로 아니거든."

"흥, 웃기시네. 니네 엄마는 딴 사람하고 산다며? 그래서 너 못 가
는 거잖아."

드디어 나도 막 나가고 있었다. 서로에게 금기로 여겼던 말들을 마
구 내뱉고 말았다. 속에서부터 치받치는 알 수 없는 덩어리가 나를 마
구 떠다밀고 있었다.

"너 진짜 말 다 했어?"

연재가 입술을 앙다물며 노려보았다.

"난 안 떠나. 우리 할머니, 끝까지 내가 지킨다고."

연재의 눈에 고였던 눈물이 후르르 흘러내렸다. 이런, 자칫하다간
울보 떼쟁이 연재에게 크게 시달릴 것 같았다. 걸음을 빨리하는 나를
두고 연재가 악다구니를 썼다.

"야, 정이나. 너 그러는 거 아니야. 할머니 혼자 두고 너 가버리면
진짜 나쁜 년이다."

나는 걸음을 되돌려 연재 앞으로 다가갔다.

"니가 뭔 상관이야? 너나 잘해."

야멸치게 내뱉고는 집을 향해 달려갔다. 유월의 땡볕이 월산의 긴 그림자 속으로 잠겨버렸는데도 등허리에서 땀이 흘렀다. 임막순초계탕 주차장에 자동차가 그득했다. 길 건너 옛 임막순초계탕 주차장에도 자동차가 넘쳤다. 주차 공간이 모자라 도로변에도 길게 늘어서 있다. 요즘 들어 완판이 잦았다. 김영란법인가 뭔가로 불경기를 면치 못하던 장사가 수십 년 만에 찾아온 찜통더위 덕을 톡톡히 보고 있는 셈이다.

북적거림이 싫어 발걸음을 되돌렸을 때였다.

"허허, 참. 여기서 정상대를 만날 줄 누가 알았겠어?"

누군가의 입에서 튀어나온 아빠의 이름이 나를 낚아챘다. 아빠의 이름을 입에 올린 사람들은 음식점에서 막 나왔을 법한 서너 명의 늙수그레한 남자들이었다. 그들은 모두 명품 브랜드 로고가 박힌 골프복 차림이었다. 나도 모르게 그들 쪽으로 귀를 곤두세웠다.

"그러게 말이야, 참, 이래서 세상이 넓다가도 좁다니까."

한 남자가 입에 물고 있던 이쑤시개를 휙 던져버렸다. 몸짓에서 알 수 없는 분노가 느껴졌다.

"상대가 저렇게 폐인이 되었을 줄은 상상도 못했어."

키 작은 남자가 대꾸했다. 그들의 대화는 아빠를 안타까워하는 분위기가 아니었다. 말투에서 비웃음과 적대감이 느껴졌다. 나는 그들이 눈치채지 않게 슬그머니 다가가 자동차 뒤에 몸을 숨겼다.

"조민기하고 정상대하고 둘도 없는 친구 사이였다며?"

"그렇지. 그러니 미치지 않고 배겨?"

"야야, 지나간 얘긴 해서 뭐해? 가자구, 가."

한 남자가 자동차에 올라타며 손짓을 했다.

"안 변호사. 내 차 타."

"아니야, 나는 김 변호사 차 타고 갈게."

안 변호사라는, 키 작은 사람은 검은색 외제 승용차에 올라탔다. 이윽고 그들의 자동차는 차례대로 주차장을 빠져나갔다. 그들의 직업이 말해주듯, 자동차는 꽤 부티나 보였다. 아빠도 사시에 합격했더라면 저 사람들처럼 고급 승용차를 타고 다녔겠지. 멀어져 가는 자동차에 눈길을 두며 잠시 든 어처구니없는 생각이었다.

'누구지?'

아빠를 알고 있었던 사람들이 분명했다. 아빠의 대학 친구들이었거나 변호사니 판사니 하는 걸로 보아서는 사법고시 공부를 함께 하던 동료들 같았다. 그들은 아빠를 알고 찾은 것은 아닌 듯했다. 우연히 음식점에 들어왔다가 아빠를 알아본 게 틀림없었다. 아빠는 정신이 오락가락하긴 했지만 바쁜 성수기에는 빈 그릇을 수거해 주방으로 가져다주는 일 정도는 하곤 했으니까. 그런 아빠를 그들이 알아본 게 틀림없었다. 아빠도 그들을 알아봤을까. 만일 아빠가 알아봤다면 어떤 반응을 보였을까. 궁금했다.

나는 얼른 현관문을 열고 식당으로 들어섰다. 홀 안은 고객들이 떠

드는 소리로 그득했다. 바쁜 여름철 급하게 투입된 알바 아줌마들도 정신이 없어 보였다. 주방 안을 흘깃 엿보니 할머니와 은옥이 바쁘게 움직이고 있었다. 손님들 사이를 둘러봐도 아빠는 눈에 띄지 않았다. 이상했다.

나는 다시 홀을 나와 바깥 계단을 통해 이층으로 들어왔다. 아빠의 방문은 열려 있었지만, 아빠는 없었다. 화장실 문에도 귀를 기울여봤으나, 기척이 없었다. 살그머니 할머니의 방문을 열었다. 후끈한 열기가 훅 끼쳤다. 나는 얼른 방문을 닫고는 숨을 골랐다.

아빠를 맞닥뜨린다 해도 아무것도 묻지 못했으리라. 설사 궁금한 걸 물었다 하더라도 과연 아빠가 나의 궁금함을 풀어주었을까. 어림 반푼어치도 없었다. 이빨을 드러내며 징그럽게 웃지만 않아도 다행이었다. 쓸쓸해졌다.

방으로 들어와 커튼을 열었다. 행여 그 사람들이 떠나지 않고 아직 주차장에 있을까 싶어 주차창을 내려다보았다. 그새 복잡한 점심시간이 지났는지, 주차장이 제법 한산해졌다.

'조민기라는 사람은 누굴까? 친한 친구 사이였다고 했는데.'

대화의 내용으로 봐서는 조민기라는 사람은 장래가 잘 풀린 것 같지는 않았다. 적어도 아빠가 이상하게 된 원인에는 조민기라는 사람과 연관이 있는 듯했다. 미루어 보건대 아빠는 단순히 사법고시가 힘들어서 돌아버린 게 아니라는 말도 되었다. 공부하다 힘에 겨워 정신이상이 된 사람. 왠지 패배자라는 낙인이 찍힌 것 같아 그동안 창피했다. 만일 다른 이유 때문이라면 좀 덜 창피해해도 될까. 그렇다면 대체 다른 이유가 뭘까? 아빠와 조민기라는 사람과 무슨 사연이 있었던 걸까. 차라리 그 사람들에게 대놓고 물어볼 걸 그랬다. 우리 아빠에 대해 말해달라고. 도대체 무슨 일이 있었던 거냐고. 우리 아빠는 왜 저렇게 되었느냐고. 용기를 내지 못한 게 땅을 칠만큼 후회스러웠다.

얼마나 시간이 지났는지 알 수 없었다. 일을 끝내고 들어오는 할머니의 기척이 느껴졌다.

"할머니, 피곤하지 않아?"

"날마다 하는 일인데 뭐시 피곤혀?"

할머니 눈에 광채가 어렸고 볼은 발그레했다. 늘 그랬다, 할머니는. 초계탕의 계절인 한여름철이면 할머니 몸에서는 펄펄 기운이 솟았다. 할머니는 겨우내 땅속에 숨죽이고 있다가 오월 단오가 되면 푸릇푸릇 싹을 틔우고, 이내 기세 좋게 뻗어 나가는 바랭이 풀을 닮았다. 뽑아도 뽑아도 뽑히지 않는 잡초 중에 잡초, 바랭이.

"할머니, 오늘 온 손님 중에 이상한 사람들 없었어?"

"이상한 사람? 누군디?"

할머니는 두둑하게 챙겨온 전대를 풀러 탁자 위에 올려놓으며 물었다. 할머니의 눈길이 평온했다. 입가에 만족스러운 미소가 번졌다. 기록적인 폭염이 늙고 지친 할머니의 눈에 다시 활력을 불어넣고 있었다.

"아, 아니. 아무것도 아녀. 아, 목말라."

나는 슬그머니 물 핑계를 대고 아래층 주방으로 내려갔다. 은옥을 떠보는 수밖에 없었다. 마침 은옥은 홀 청소를 마치고 자판기에서 커피를 내려 마시는 중이었다.

"커피 마시네."

요즘 들어서는 은옥에게 어떤 호칭을 사용해야 할지 난감했다. 어려서는 할머니를 따라 '은옥아'라고 불렀다. 철들면서는 '언니'라고 불렀다. 그런데 요즘 들어 '언니'라는 호칭이 어색해서 되도록 대화에서 호칭을 생략하곤 했다.

"난 다방커피가 최고로 좋더라."

은옥이 커피가 든 종이컵을 입에 가져다 대며 해죽 웃었다.

"흐흐, 그거 자주 마시면 몸에 안 좋대."

"자주 안 마셔. 아침에 한 잔, 일 끝나고 한 잔. 요게 사는 낙이여."

은옥은 한 방울의 커피도 아까울세라 종이컵을 세워 남은 커피를 입안으로 털어 넣었다.

"이나, 뭐 할 말 있어?"

은옥의 얼굴은 평소와 다름없이 평온했다. 은옥도 전혀 눈치채지 못한 게 틀림없었다. 그렇다면 그들은 자기들끼리만 아빠를 알아보고 살며시 돌아간 걸까. 궁금하면 아빠에게 직접 물어보면 될 일이었다. 그러나, 그건 불가능했다. 나는 열 살 그 일이 있었던 이후로 아빠와 마주 보며 제대로 된 대화를 해 본 적이 한 번도 없다. 어쩌다 허공 중에 아빠와 눈이 마주칠 때면 내가 먼저 황급히 피하곤 했다. 때로는 철부지 어린애처럼 행동하는 아빠도 그런 내 기분을 눈치챘는지 내게는 말을 걸어오지 않았다. 대신 은옥과는 낄낄거리며 곧잘 장난질을 쳤다. 그런 장면을 목격할 때면 내 안에서 알 수 없는 분노가 솟구치곤 했다.

"아니, 물 먹으려고."

나는 아무렇지 않은 척, 태연하게 정수기에서 물을 받았다.

"이나, 요즘 쫌 피곤해 보여. 공부하기 힘들지?"

은옥이 고개를 갸웃하며 나를 빤히 바라보았다.

"내가 언제 공부하는 거 봤어?"

"호호호, 그래도 전교 일등이잖아."

나는 피식 웃음을 흘렸다. 겨우 28명 중에 일등도 전교 일등이라고 할 수 있는지 의심스러웠다. 지난번 중간고사 때도 나리가 내게 따져 물었다.

"정이나, 시험공부 하나도 안 했다며?"

나도 사실 그게 어이가 없었다. 다른 아이들은 시험 기간만 되면 초긴장 상태로 시험공부에 돌입하는데 나는 기를 쓰고 공부를 하지 않아도 학급에서 늘 일등이었으니. 마음 같아서는 공부에 목을 매는 나리에게 일등을 거저 주고 싶었지만, 시험지만 받아들면 그게 잘 안 되었다.

"응, 안 했어. 그런데 일등 먹고 말았네."

내 대답이 비아냥으로 들렸는지 나리의 얼굴이 빨개졌다.

"이나가 머리 좋은 아빠의 유전자를 물려받아서 그래."

가만있으면 좋았을 걸, 연재가 거든다고 한 말이었다.

"아하, 그렇구나. 그럼 이나도 언젠가 이렇게 되겠네."

나리가 둘째 손가락을 머리에 대고 뱅글 돌렸다.

"뭐라고?"

와락 달려들어 나리의 머리채를 잡고 말았다. 불쑥 그때 일이 떠올라 테이블 위에 물컵을 내려놓고 말았다.

"아빠는 어디 갔어?"

슬쩍 은옥의 눈치를 살피며 물었다.

"아, 상대 씨는 옛날 집에 있어."

아빠 얘기가 나오자 금세 은옥의 표정이 환하게 밝아졌다.

"옛날 집?"

뜻밖이었다. '거긴 왜?'라고 묻고 싶었지만 입을 다물었다. 오락가락하는 사람이니 타당한 이유가 있어서가 아닐 터였다.

"상대 씨는 거기가 마음이 편하대."

아빠가 은옥에게는 그런 말도 하나 싶었다. 누가 들으면 지극히 평범한 연인 사이의 대화인 줄 알겠다. 갑자기 속에서 덩어리 하나가 '욱.' 하고 올라왔다. 아직도 아빠에 대해 뭔가를 기대하고 있는 나 자신에 화가 났다. 나는 쌩하니 일어나 이층으로 올라왔다. 커튼을 열고 밖을 내다보았다. 낡은 옛날 집 창문으로 희미하게 불빛이 새어 나왔다. 아무도 살지 않아 전기를 끊었을 텐데, 불빛이 비치는 건 아빠가 촛불을 켰다는 증거였다.

'쳇. 불이나 확 나버려라.'

속이 다시 부글부글 끓어올랐다. 나는 거칠게 커튼을 닫아버렸다.

06

검은 달

입추가 지나고 말복이 넘었는데도 식당은 여전히 붐볐다. 사람들은 왜 더위를 물리치기 위한 수단으로 삶은 닭을 이용하는지 이해할 수 없다. 닭 한 마리가 더위를 물리쳐줄 거라는 어리석은 생각을 하는 인간들이 참으로 우스웠다. 덕분에 나는 고스란히 찜통더위를 견뎌야 했다. 아래층에서 올라오는 시끄러운 소리 때문에 창문을 꼭꼭 닫고 있어야 했기 때문이다. 에어컨이 아쉽긴 했지만, 올해만 참자 싶었다. 내년이면 어차피 떠날 테니, 비싼 돈 들여 따로 에어컨을 요구한다면 할머니에게 죄송한 일이었다.

더운 바람만 나오는 선풍기에 얼굴을 들이대고 있는데 폰이 울렸다. 연재였다.

"응, 왜?"

"응, 왜애? 친구한테 그게 말이니, 방구니?"

대뜸 시비조였다.

"호호. 뭐하냐?"

"나 지금 니네 집 앞에 있어."

"어? 왜?"

커튼을 열고 아래를 내려다보니 흰색 후드티를 입은 연재가 서 있었다.

"잔말 말고 빨리 튀어나와. 지지배야, 바람이나 쐬게."

언제나 쿨한 연재다웠다. 바람이나 쐬자니. 키득키득 웃음이 나왔다.

"달이 휘영청 밝아서."

연재는 나를 보자 턱으로 하늘을 가리켰다. 거짓말처럼 휘영청 보름달이 우리를 내려다보고 있었다.

"우와, 엄청 크네."

얼마 만에 보는 보름달인가 싶었다. 언제부터인가 도로에 촘촘히 박힌 가로등 탓에 달이 뜨는지 지는지 모를 지경이었다. 요 몇 년 사이 급격하게 달라진 하월의 풍경이었다.

"웬 바람?"

"사는 게 답답하잖어."

연재가 가볍게 한숨을 쉬었다. 애가 요즘 나이를 빛의 속도로 먹나. 왜 이렇게 할머니처럼 말하는지 모르겠다.

"무슨 일 있어?"

"아이 씨. 개새끼들."

느닷없이 연재의 입에서 욕이 튀어나왔다.

"왜 그래? 무슨 일 있구나."

"할머니가 다쳤어. 골프공에 맞아서."

연재의 눈가에 물기가 맺혔다.

"뭐?"

"어떤 미친놈이 공을 잘못 치는 바람에 할머니 어깨에 맞았대."

연재 할머니는 골프장에서 골프공을 줍는 일을 하고 있다. 골프 손님들이 실수로 잘못 친 공들은 때로는 풀이 무성한 풀숲으로, 계곡으로, 울타리 속으로 굴러간다. 그 공을 주워 모으는 일을 하고 있는데, 하필 잘못 친 공에 어깨를 맞은 것이다.

"어휴, 정말. 많이 다치셨어?"

"멍이 시퍼렇게 들었어. 할머니는 괜찮다고 하는데……."

팔십을 바라보는 노인네가 단단한 골프공에 맞았는데 멀쩡할 리가 없었다. 말이 안 나왔다. 머리에 맞았다면 어떤 일이 벌어졌을까. 상상만 해도 끔찍했다.

"그런데 그놈들이 보험처리를 안 해주고 할머니보고 직접 병원에 가라고 했대."

"아니, 왜?"

"원래 할머니가 나이가 많아서 골프장에서 안 쓴다고 했는데 억지

로 우거서 일하는 거거든. 그래서 산재가 안 되고 개인 건강보험으로
치료하라고 했대. 안 그러면 다음부터 일 못 한다고."

"공 친 사람은 뭐랬대?"

"뭐 미안하다며 쪼끔 꺼내주더래. 그나마 다행이라고 하셔, 할머닌."

"어휴."

나오느니 기막힌 한숨뿐이었다.

"우리 기분 꿀꿀한데 너분바위나 갈래?"

불쑥 연재가 제안했다. 나는 연재의 기분을 알 것 같아 흔쾌히 고
개를 끄덕였다. 너분바위는 연재와 내가 기분이 꿀꿀할 때 자주 다
니던 곳이다. 주어골 계곡에 있는 너분바위에 앉아서 흐르는 계곡물
을 바라보노라면 엄마에 대한 그리움도 아빠에 대한 창피함도 잊을
수 있었다.

우리는 나란히 주어골로 발걸음을 옮겼다. 큰 도로에서 주어골로
들어서는 오솔길은 몇 년 전 널따랗게 확장이 되었고 반반하게 아스
콘 포장이 되었다. 도로 아래로 주어골 계곡물이 흐르고 있었다. 송
사리, 피라미, 붕어 떼가 노닐어 주어골이지만, 지금은 붕어나 쏘가
리는 간데없고 멸치만 한 송사리 몇 마리를 보는 것만 해도 행운이었
다. 골프장에서 뿌린 제초제가 계곡으로 흘러든 탓이었다. 그나마 아
직 변하지 않은 것은 덩치가 큰 월산이었다. 비록 허리 한 자락이 깎
여나가 골프장으로 바뀌었지만, 월산은 변함없이 팔을 벌려 우리를
받아들였다.

월산은 여러 개의 크고 작은 골짜기를 품고 있다. 계곡이 아름다운 주어골, 호랑이가 살았다는 범바위골, 흰돌이 많은 백석골, 바위가 많은 큰바위골……. 예전에는 농사를 지을 수 없는 척박한 환경 탓에 사람이 살지 않았지만, 시대가 바뀌어 골짜기마다 그림 같은 전원주택이 들어섰고, 경치 좋은 곳에는 펜션들이 즐비하게 들어섰다. 수호의 고모는 대표적인 펜션 1세대로 주어골 깊숙한 곳에서 여러 채의 펜션을 운영한다.

월산이 품고 있는 또 하나의 마을, 바로 상월과 하월이다. 상월과 하월은 월산의 품에 오목하니 안긴 농가마을이나 살아온 이력은 조금 다르다. 여흥 민씨 집성촌인 상월과 달리 하월은 주로 상월 부농들의 일손을 돕는 일꾼이나 머슴들이 살았던 곳이었다. 상월 토박이인 민나리는 조상 대대로 물려받은 논밭이 많아 부농에 속한다. 나리의 몇 대조 할아버지가 조선의 큰 벼슬을 지낸 덕에 아직도 연세 든 할아버지들은 나리네 집을 대감댁이라고 불렀다. 그러나 요즘은 상월이나 하월이나 일손이 달려 농사를 짓는 사람들은 거의 없고 인근 골프장에서 일하거나, 골프장을 찾는 손님들을 상대로 음식 장사를 하는 사람이 대부분이다. 연재 할머니도, 우리 할머니도 그 덕을 보고 있는 셈이니, 나와 연재도 거기서 자유롭지 못한 것은 사실이었다.

나는 슬그머니 다가가 연재의 팔짱을 꼈다.

"야아, 왜 그래? 누가 보면 게인 줄 알겠다."

'게이'가 아니라 '레즈비언'이라고 정정을 해주려다 말았다. 대신 일부러 연재의 팔을 바싹 잡아당겼다.

"이 밤에 누가 본다고 그러냐?"

연재가 어색한 듯 팔을 잡아빼려다가 곧 내 손을 마주 잡았다. 연재의 손에 힘이 들어갔다. 손길을 따라 연재의 속마음이 고스란히 읽혔다. 연재는 지금 두려운 거였다.

어느덧 우리는 하얀 달빛 속으로 잠겨 들었다. 졸졸 흐르는 물소리가 간간이 들렸다. 들끓던 마음이 차츰 편안해졌다. 골짜기를 따라 후덥지근한 바람이 부는가 싶더니 이내 시원한 바람이 우리를 맞았다. 조금 더 걷자니 하얀 달빛을 온몸으로 받은 너분바위가 우리를 기다리고 있었다.

"이야."

우리는 누가 먼저랄 것도 없이 너분바위 위로 올라가 벌러덩 누웠다. 뜨거운 햇볕으로 달궈진 바위는 아직 뜨끈했다. 걸어오는 동안 등허리에 진득한 땀이 서렸지만, 달궈진 바위가 싫지는 않았다. 우리는 한동안 너분바위에 누워 말없이 하늘을 올려다보았다. 보름달은 느긋하게 검은 대지를 비추며 천천히 발걸음을 옮기고 있었다. 부드러운 달빛을 쏟으며 유유자적 노닐고 있는 보름달을 바라보니 오랜만에 마음이 평온해졌다. 마치 다정한 엄마가 나를 내려다보는 듯한 착각이 들 정도였다. 문득 가슴이 더워지며 눈시울이 뜨거워졌다.

"나 고등학교 나오면 뭐하지?"

혼잣말처럼 연재가 말했다.

"고딩 졸업장으로 회사 취직은 할 수 있을까?"

"취직은 왜 하냐? 대학 가야지."

"대학 갈 돈이 어디 있냐?"

"대학생 되면 학자금 대출해준다잖아."

연재 사정을 뻔히 알면서도 시시한 어른 같은 말이나 늘어놓았다.

"피 터지게 알바하며 꾸진 대학 나와봤자 취직 안 될 건 뻔하고. 아이 씨. 드럽게 구질구질하다."

연재가 자조 섞인 어조로 중얼거렸다. 아, 정말. 낭만적인 분위기 다 깨고 있네.

"야, 그게 겨우 열여섯 살 입에서 나올 소리냐?"

"뭐 사실이잖아. 내 힘으로는 월세도 못 낼걸."

"너네 부모님은 연락 안 돼?"

"병신들. 기르지 못할 거면 낳지나 말던가."

오늘 연재의 심기가 말이 아니다. 나는 말을 잇지 않았다. 말을 하지 않아도 연재의 사정이야 누구보다 잘 알고 있으므로.

"연재야, 그러지 말고 우리 둘이 같이 도예고 가자. 거기 나오면 취직 잘 된대."

"야, 이 바보야. 도예의 도자도 모르면서 너야말로 왜 그러는데?"

연재가 벌떡 일어나며 소리를 빽 질렀다.

"왜 몰라? 이제부터 배울 거야."

그렇지 않아도 담임이 얼마 전 도예교실에 나가보라며 연락처가 적힌 쪽지를 내밀었다. 아직 용기가 안 나 전화는 못했지만.

"배우긴 개뿔. 정이나, 정신 차려. 집 떠나겠다는 니 맘을 모르는 바는 아니지만 너 거기 갔다간 일 년도 못 버티고 그만두고 말걸. 너는 공부 쪽이야. 잔말 말고 월촌 가서 대학 가. 니네 아빠 못다 이룬 꿈을 니가 이루면 되잖아."

"못다 이룬 꿈 좋아하시네. 그런 개풀 뜯어먹는 소리는 어디서 배워 가지고 지랄이야."

나는 연재에게 막말을 해댔다.

"그래, 지지배야. 잘 가라. 픽도 합격하겠다. 똑 떨어져서 나중에 월촌 못 와서 징징 짜지나 마라."

"웃기시네. 도예고 가서 보란 듯이 도자기 회사에 취직할 거고, 도자기 축제에 작품도 낼 테니 걱정 마셔."

"하이고, 잘났네 잘났어. 착각도 자유라는 말 알기나 하냐?"

연재가 키득거리며 웃었다.

"야, 너 그럴 거야?"

나는 연재에게 달려들어 연재의 몸을 마구 간지럽혔다.

"아아, 그만, 그만. 지지배야. 그만해."

연재가 나를 떠다밀며 몸부림을 쳤다. 연재와 나는 한참이나 배꼽을 잡고 웃어젖혔다. 무엇이 우스운지 알지 못한 채, 눈물이 나도록 우리는 한참 동안 웃었다. 그러다가 계곡물로 풍덩 뛰어들었다. 시원하고 상큼한 물살이 온몸을 휘감았다. 찌뿌듯했던 몸과 마음이 단번에 정화되며 시원해졌다.

"우와, 진짜 오랜만이다. 그치?"

연재가 물살을 내게 던지며 깔깔댔다.

"좋아. 한 번 해보자 이거지?"

나도 질세라 한 움큼 물을 움켜쥐고 연재에게 흩뿌렸다.

"이게?"

연재와 나는 한참 동안 물싸움을 하다가, 물속으로 자맥질을 쳤다. 계곡물 속에서 첨벙대며 놀다 보니 우리는 어느새 초등학생 시절로 되돌아간 것 같았다. 그 사이 보름달은 구름 속으로 들어가 버렸는지 사방이 어두워지며, 사위가 고요해졌다. 푸르던 나뭇잎들이 검게 변하고, 산도 검어졌다.

"야, 우리 선녀 같지 않냐?"

"선녀 좋아하시네. 어디 나무꾼 없나 찾아봐라."

"아이 씨, 웬 나무꾼? 재벌집 아들이라면 모를까."

"뭐? 흐흐흐."

바람 한 점 없는 후텁지근한 여름밤이었지만, 차가운 계곡물 덕분에 온몸에 닭살이 돋았다.

우리는 다시 물에서 나와 등을 대고 너분바위 위에 누웠다. 젖은 옷에서 물이 흘러 너분바위의 골을 따라 주르르 흘러내렸다. 몸이 노곤해지며 눈이 감겼다. 등허리는 따뜻하고 젖은 옷은 마르느라 체온이 기분 좋게 내려갔다.

"이나야, 물 보니까 빨래하고 싶어지지 않냐?"

"빨래? 갑자기 웬 빨래?"

"너 기억 안 나? 5학년 때였던가. 체험학습으로 냇가에 가서 빨래 했잖아. 그때 우리 둘 다 빨랫감 안 가져와서 벌서고 있는데 니네 아빠가 보조 가방 들고 왔잖아. 와아, 난 그때 처음으로 아빠 있는 니가 부러웠다."

"말도 안 돼."

어이가 없었다. 말이 안 나왔다.

"뭐가 말이 안 돼? 난 그날 니네 아빠 다시 봤어. 되게 멋지게 보였거든."

연재의 말소리가 쟁쟁거리며 어지럽게 울렸다.

"야, 너 무...무슨 말을 하는 거야?"

그날의 일은 어제 일처럼 또렷하게 기억하고 있다.

여름방학을 며칠 앞둔 날, 선생님은 옛날식 빨래체험을 한다며 집에서 빨랫감 하나와 빨래 도구를 가져오라고 했다. 아이들은 환호성을 지르며 좋아했다. 가뜩이나 더운 날씨에 공부하기 싫었는데, 신나는 빨래하기라니. 냇물에서 첨벙거리며 빨래할 생각을 하니 저절로 신이 났다. 나도 마음이 들떠서 전날 저녁에 분홍 티셔츠와 양말, 빨랫비누 등속을 챙겨서 보조 가방에 넣었다. 그런데 아침에 일어나보니 어처구니없는 일이 벌어지고 있었다. 간밤에 무슨 일이 있었던지 아빠가 소리소리 지르며 가게 물건을 집어던지고 있었다. 홀 안에 있는 의자와 테이블은 죄다 엎어지고 넘어졌고, 그릇들은 제멋대로 나동그라졌다. 할머니는 아빠 앞에서 쩔쩔매며 말렸지만 소용이 없었다. 그때 은옥이 울고 있는 내 어깨에 가방을 메어주고 얼른 학교 가라며 등을 떠밀었다. 얼결에 학교로 떠밀려간 내가 빨랫감이 든 보조가방을 챙길 여유가 없었던 것은 당연했다.

그날따라 하필 연재까지 까맣게 잊었다며 준비물을 가져오지 않았다. 연재와 내가 뜨거운 햇볕 아래 나란히 서서 깔깔거리는 아이들을 슬프게 바라보고 있을 때였다. 느닷없이 땀범벅이 된 수호가 내 앞에 떡하니 나타났다.

"정이나, 여…여기…학학."

숨을 몰아쉬며 수호는 허리를 꺾었다. 그러고는 수건 한 장을 내밀었다. 쉬는 시간 10분 동안 수호는 혼신의 힘을 다해 집으로 달려가서 나를 위해 빨랫감으로 챙겨 온 거였다.

"야, 내 껀?"

연재가 새된 소리를 내질렀고, 수호는 미안하다며 손사래를 쳤다.

"아, 미…미안. 넌 가져온 줄 알았어."

"뭐? 기가 막혀."

연재는 얼굴이 빨개지도록 씩씩거렸고, 나는 미안하기도 하고 뿌듯하기도 한, 묘한 기분으로 수건을 받아들었다. 그 뽀송하고 까슬까슬한 수건의 감촉을 어떻게 잊을 수 있을까. 선명하게 박힌 '하늘빛 펜션'이란 로고까지 감동이었다.

그날 나는 수건을 냇물에 담가 놓고는 눈물을 훔치고 또 훔쳤다. 때도 없는 수건에 비누칠을 하고 또 하며 울었다. 그랬는데, 그랬는데 그 당사자가 수호가 아니라 아빠였다니 말도 안 되는 소리였다. 도대체 연재는 무슨 생각으로 그런 거짓말을 하는 걸까. 기억이란 시간이 지날수록 확대 재생산되고 왜곡된다는 건 익히 알고 있었지만, 연재가 나의 소중한 기억을 왜곡시킬 줄은 몰랐다.

"이나야, 왜 그래? 너 진짜 생각 안 나?"

나를 올려다보는 연재의 얼굴이 달빛을 받아 뽀얗게 빛이 났다. 순간 연재의 얼굴이 분장을 한 마녀처럼 일그러졌다.

"야, 너 무슨 말도 안 되는 소리를 하는 거야? 그 수건 수호가 가져다줬잖아."

온몸이 떨리며 이빨이 딱딱 부딪쳤다.

"수호? 느닷없이 웬 수호?"

마녀의 눈이 커다랗게 비틀어지며 입꼬리가 말려 올라갔다.

"야, 어떻게 너네 아빠하고 전수호를 혼동하냐? 그리고 전수호가 왜 갖다 줘? 갖다 주면 나한테 갖다 주지 왜 널 갖다 줘?"

마녀가 끊임없이 종알거렸다. 마녀의 오똑한 코가 어둠 속에서 도드라져 보였다. 그러더니 조금씩 길어지며 일렁였다.

"정이나, 너 미친 거 아냐?"

"내가 미쳤다고? 너...너."

입술이 달달 떨려서 말을 이을 수가 없었다.

"그럼 치매냐? 정신 차려."

마녀가 하늘을 올려다보며 코웃음을 쳤다. 순간 보름달이 눈앞에서 빙글 돌았다. 사방이 어두워졌다.

"뭐 치매? 너 말 다 했어?"

나는 와락 연재를 떠다밀었다. 연재의 몸이 바닥으로 주저앉는가 싶더니 계곡 아래로 곤두박질쳤다.

"첨벙!"

나무들이 한꺼번에 스스스 소리를 내며 몸을 흔들어댔다. 무성한 잎들이 마구 손을 휘저었다. 나는 몸을 돌려 미친 듯이 달렸다. 너분 바위를 어떻게 내려왔는지, 기나긴 주어골 계곡을 어떻게 벗어났는지, 이층 내방으로 어떻게 돌아왔는지 하나도 기억나지 않았다. 다만 연재의 몸을 받쳐주던 계곡물의 '철퍼덕' 소리와 끈질기게 나를 뒤따라오던 검은 달만은 또렷이 뇌리에 박혔다.

07

아빠의 망령

연재는 내게 눈길조차 돌리지 않았다. 단단히 토라진 게 틀림없었다. 팔꿈치에 커다란 밴드를 붙인 걸로 보아 조금 까진 듯했다. 그나마 다행이었다. 나는 괜찮으냐고, 미안하다고 말하지 않았다. 수호에 대한 나의 기억을 왜곡하고 강탈한 연재를 도저히 용서할 수 없어서였다. 숨이 막히고 답답한 날들이 속절없이 흘러갈 즈음이었다.

"정이나, 이준서 씨는 만나 뵈었니?"

담임이 정색을 하고 물었다.

"네?"

이준서가 누굴까, 잠시 어리둥절하다가 아차 싶었다. 담임이 찾아가 보라던 도예작가의 이름이었다. 어쩌자고 그 사실을 까맣게 잊고 있었는지 나 자신이 한심하기 짝이 없었다.

"이런, 아직 안 갔구나. 너 시간 없어. 어쩌려고 그래? 밤낮없이 익혀도 모자랄 판에 그동안 뭐했어?"

담임이 딱하다는 듯이 혀를 찼다.

"교감 선생님이 소개해 주신 분이야. 유명한 분이라 시간 내기 어렵다는 걸 교감 선생님이 사정사정해서 부탁해놓은 분이니까 오늘은 무슨 일이 있어도 전화드려서 약속 잡아. 더 늦으면 그런 기회조차 없어."

"네."

등허리에서 진땀이 났다. 연재 말대로 요즘 내가 미쳐가고 있는 거 아닌가 싶었다.

"이나야, 너 도예고 간다면서? 뜻밖이다."

나리가 눈을 반짝였다. 나는 굳이 대답할 필요가 없었으므로 못 들은 척했다.

"너 혹시 기숙사 때문이야?"

나리의 눈빛이 호기심으로 일렁였다.

"뭐?"

순간 나도 모르게 연재 쪽으로 고개를 돌렸다. 비밀을 알고 있는 사람은 연재밖에 없었기 때문이다. 그러나 연재는 이쪽 상황은 아무것도 눈치채지 못한 듯, 태평스럽게 팔꿈치에 붙은 밴드를 떼어내느라 여념이 없었다.

"그렇구나. 어쩐지 이상하다 했어. 느닷없이 도예고라니 웃긴다 했지. 더구나 넌 손재주는 메주잖아."

적극적으로 부정하지 않은 것을 긍정으로 여겼는지 나리가 알겠다는 듯이 종알거렸다.

"뭐라고? 대체 무슨 말이 하고 싶은 거야?"

"나 같아도 도망가고 싶을 거야. 충분히 이해한다, 니 맘."

"야, 너 말 다 했어? 니가 뭘 안다고 지랄이야?"

"아오, 깜짝이야. 왜 소리를 지르고 난리야, 난리가."

"그러니까 주제넘게 나서지 말라고."

"정이나, 말 좀 곱게 해라."

자칫하면 가슴속에서 째깍대고 있는 시한폭탄의 스위치를 콱 누를 뻔했다. 그때 뜻밖에도 연재가 나리를 사납게 노려보았다.

"민나리! 이츠 낫 유어 비즈니스잖아. 눈치는 밥 말아 먹었니?"

"아오, 알았어. 알았다고. 누가 니들 한 세트 아니랄까 봐 꼭 쌍으로 나서요."

연재의 기세에 나리가 어깨를 움찔하며 자리로 돌아갔다. 나는 연재를 멍하니 바라보았다. 연재는 내 눈길을 무시한 채 쌩하니 일어나서는 복도로 나가버렸다. 까닭 없이 눈시울이 후끈 더워졌다.

백자골로 가는 길에는 어느덧 가을이 성큼 다가와 있었다. 볼을 스치는 바람이 서늘했고, 성미 급한 나무들은 이파리를 노랗게 물들이고 있었다. 그러나 햇살만큼은 선선히 물러나기 싫다는 듯 마지막 힘을 다해 대지를 뜨겁게 달구었다. 세상에는 무엇하나 쿨하게 굴러가는 법이 없나 보다. 저 여름 태양이 그렇고, 할머니와 아빠의 인생이 그렇고, 팜 티 응옥의 인생이 그렇고, 열여섯 내 인생이 그렇다. 덜커덕덜커덕, 힘겹게 굴러가고 있다.

따가운 가을 햇볕은 가뜩이나 무거운 발걸음을 더욱 무겁게 붙잡았다. 발목에 쇠뭉치라도 달아놓은 것처럼, 걸음을 떼기가 힘에 겨웠다. 고작해야 열 근도 안 되는 몸뚱인데 마음은 천근만근이다.

도예작가 이준서 씨의 공방은 백자골 맨 끝자락, 산기슭에 자리 잡고 있었다. 생각과는 달리 허름하고 낡은 집이었다. 슬라브식 지붕의 주택은 한껏 멋을 부린 다른 전원주택들에 비해 시대에 뒤떨어져 보였고, 흔한 잔디정원 대신 전통식 마당을 갖고 있었다. 마당은 전혀 손보지 않는 듯 여기저기 잡초가 무성했다. 그 바람에 가뜩이나 볼품없는 집은 더욱 볼품없어 보였다.

"어서 오너라."

이준서 씨는 전화로 듣던 목소리보다 나이 들어 보였다. 덥수룩한 수염은 손길이 가지 않은 듯 제멋대로였고, 반백이 넘은 머리칼은 각자 나름대로 자유를 외치고 있었다.

"안...녕하세요?"

한껏 밝은 표정을 지으려고 애를 쓰며 고개를 숙였다.

"오늘까지 안 오면 안 받아주려고 했다. 마음이 없는 녀석이로구나 생각했지."

민망해서 얼굴이 뜨뜻해졌다. 눈길을 둘 곳을 찾지 못해 방황하다가 문득 그의 뭉툭한 코가 눈에 들어왔다. 넓적하고 둥근 모양의 코는 전혀 예술가답지 않아 보였다. 예리하고 예민한 성격의 예술가가 아니라, 마음 좋은 동네 아저씨처럼 푸근해 보였다. 게다가 눈빛까지 선하게 읽혀서 옥죄었던 마음이 스르르 풀어졌다.

"들어오너라."

그는 알루미늄 재질의 여닫이문을 활짝 열며 손짓을 했다. 공방으로 보이는 듯한 실내로 들어서자, 각양각색의 도예작품들이 나를 맞았다. 사방 벽면으로 빼곡한 선반에는 각종 크고 작은 도기들이 먼지를 뒤집어쓴 채 도열해 있었고, 덩치가 큰 도예작품들은 있을 곳을 찾지 못한 듯, 여기저기에 아무렇게나 자리 차지를 하고 있었다. 도예라 하면 고고하고 그윽한 문양의 백자나 청자 항아리로 생각했는데, 여기 있는 것들은 모두 미술 조각이나 조소 작품처럼 보였다. 어떤 작품은 도통 무엇을 말하고 있는지 짐작하기 어려운 것도 있었다. 유명 도예가라더니 과연 실용적인 작품보다 예술작품만 빚는 모양이었다. 대충 눈으로 훑어보는데 왠지 어깨가 움츠러들었다. 내가 너무 쉽게 생각한 건 아닌가 하는 생각이 들며 주눅이 들었다.

"이름이 정이나라고 했던가? 이나는 왜 도예를 배우려고 하지?"

"네?"

말이 턱 막혔다. 단순히 집을 떠나고 싶어서라는 말을 어떻게 할수 있을까.

"취…취직을 하려고요. 도자기 공장 같은 데."

말을 해놓고도 부끄러웠다. 예술을 그런 하찮은 곳에 쓰면 되겠느냐며 그가 비웃을 것 같았다.

"하고 많은 직업 중에서 왜 그런 직업을 선택하려고 하는 거지?"

어느덧 너그럽고 마음 편한 아저씨의 눈은 사라지고 날카롭고 예리한 예술가의 눈빛이 나를 바라보고 있었다. 숨이 막혔다. 손바닥에 진땀이 났다.

"하루 종일 같은 자리에 앉아서 기계처럼 똑같은 문양을 그리고, 똑같은 색을 칠하는 일인데 괜찮겠어?"

"네? 네."

나는 황급히 고개를 끄덕였다.

"저 예쁜 그릇 좋아해요. 특이한 모양의 주전자도 좋아하고요. 그런 걸 만들어보고 싶어요. 말하자면 생활도자기 같은 거."

아무래도 대답이 시원찮은 것 같아서 얼른 덧붙였다.

"흠, 그래."

그가 천천히 고개를 끄덕이며 나를 찬찬히 살폈다. 나는 그의 눈길을 피해 발끝으로 시선을 모았다.

"생활도자기라……. 나는 그런 건 안 만드는데."

"네?"

아무래도 번지수가 틀린 것 같았다. 도대체 담임은 무슨 생각으로 이런 분에게 가보라고 했는지 원망스러웠다.

"꼭 도예 고등학교를 가야겠니?"

그의 눈빛에서 비웃음이나 조소 따위는 감지되지 않았다. 눈빛이 진지했다.

"네. 취업을 해야 하니까요. 또 이천에 공장이 많으니까 집에서 가까워서 좋고요."

집에서 가깝다는 말이 목에 걸렸지만, 할 수 있는 한 애절함을 넣어 말했다. 그가 한참 동안 나를 찬찬히 살폈다. 그의 눈길이 거북했지만, 피하지 않았다.

"정 네 생각이 그렇다면 한번 해보자꾸나."

마침내 그가 엷은 미소를 띠며 말했다.

"감사합니다."

얼른 고개를 꾸벅 숙였다.

"그럼 오늘부터 시작해볼까? 입학시험까지 얼마 안 남았으니 열심히 해야 할 거다."

"네."

"자, 그럼 옷을 버릴지도 모르니 이걸 입으렴."

그가 비닐로 된 앞치마와 팔토시를 내주었다. 누군가 사용을 했던 것인 듯, 낡고 지저분했다. 나는 개의치 않고 얼른 앞치마를 두르고 팔토시를 했다. 그가 공방과 이어진 문을 열자, 넓은 공간이 펼쳐졌다. 작업장에는 길쭉한 나무판으로 만들어진 작업대와 물레, 비닐로 포장된 각종 도자기 흙들이 통나무처럼 쟁여 있었다. 그리고 무슨 용

도인지 알 수 없는 벽돌집이 작업장 중앙에 우뚝 자리 잡고 있었다.

"아, 이건 작품을 굽는 가마야. 구경해 볼래?"

그가 내 눈길을 알아채고는 단단해 보이는 손잡이를 돌려 문을 열었다. 둥근 돔 모양의 천장과 벽은 내화벽돌로 이루어졌고, 바닥에는 납작한 돌들이 구들장처럼 깔려있었다.

"앞으로 네가 빚은 작품들도 여기다 구울 거야. 옛날에는 참나무 장작으로 가마를 데웠지만 요즘은 손쉽게 가스를 써. 온도 맞추기도 쉽고."

그가 문을 닫으며 문 바깥쪽에 달린 온도계를 가리켰다.

"아, 네에."

내가 만든 작품들이 그릇으로 탄생하는 장면이 얼핏 상상이 되지 않아, 어색하게 고개를 끄덕였다.

"자, 이걸로 네가 만들고 싶은 걸 만들어 봐."

그는 비닐종이로 싼 점토를 작업대 위에 올려놓았다. 나는 막연히 커다란 점토 덩어리를 내려다보았다. 이걸로 무엇을 만들어야 할지 감이 잡히지 않아서였다.

"아무거나 만들어 봐."

"아...무거나요?"

"그래, 아무거나. 오늘은 그냥 흙을 가지고 논다 생각하면 돼."

"아, 네."

나는 점토를 손으로 만져보았다. 말랑하고 부드러웠다. 손으로 한

주먹 떼어낸 다음 조물조물 주물렀다. 말랑하고 부드러운 가운데 까슬까슬한 감촉이 느껴졌다. 자세히 보니 점토 속에 미세한 흙 알갱이들이 섞여 있었다.

"저... 선생님, 이 흙의 이름은 뭐예요?"

호칭을 무엇으로 할까, 잠깐 망설이다 '선생님'이라고 불렀다.

"조형토라고 한다. 말 그대로 조형작품을 만들 때 사용하지. 그런데 선생님이란 말은 좀 그런걸. 그냥 아저씨라고 해."

그가 싱긋 미소를 지었다. 반가웠다.

"그렇게 불러도 돼요?"

마음속 경계가 무너지며 내 목소리 톤이 올라갔다.

"그럼, 나도 그게 편하다. 도통 누굴 가르쳐 본 경험이 없으니 선생님은 어색해."

"네에."

마음이 느긋해지며 편안해졌다. 마치 내가 이웃집 아저씨 집에 놀러 온 꼬마 같은 느낌이 들었다. 그래서 나도 모르게 아저씨를 닮은 미소가 지어졌다.

"너 정상대 씨 딸이라며? 그러니 아저씨라고 불러도 돼."

"네?"

갑자기 심장이 덜컥거렸다.

"상대 형과는 잘 아는 사이였다."

일순 아저씨가 짧게 한숨을 쉬었다. 또 아빠 얘기로구나 싶었다.

아빠와 잘 아는 사이라면 어느 정도 안다는 뜻일까. '형'이라는 호칭을 쓰는 걸로 보아 학교 선후배 사이거나, 아니면 동네에서 함께 자란 임의로운 동생 정도일까. 나는 그의 말을 곱씹어 보았다. 상대 형과 잘 아는 사이. 왠지 속이 불편해졌다. 불현듯 식당을 찾은 변호사들이 주고받았던 대화가 떠올랐다. 어쩌면 그 사람들이 알고 있는 사실과 맥이 닿아있을까. 덜걱거리던 심장이 이제는 쿵쿵 소리를 내며 방아를 찧기 시작했다.

"상대 형은 우리들 사이에서는 참 대단했지. 모두가 우러러보는 사람이었어. 상대 형이 서울대 법대에 합격했을 때 온 마을이 잔치 분위기였거든."

그 정도는 내가 다 아는 이야기였다. 할머니가 수십 번 반복한 이야기니까. 아빠가 대학에 합격했을 때 잡았던 닭만 해도 수십 마리가 넘었고, 마을 사람들이 마셔치운 맥주는 자그마치 열두 상자였다나.

"인마, 너 아빠를 쏙 빼닮은 거 알지? 널 처음 봤을 때 가슴이 다 두근거렸어. 나 옛날에 상대 형하고 말 한 번 섞어보는 게 소원이었거든. 그런데 그건 마음뿐이지 그렇게 못했어. 상대 형은 우리 사이에 하늘 같은 존재였어. 게다가 아무하고나 말을 섞지 않는 도도함까지 지니고 있었거든."

그의 말투가 점점 수다스러운 동네 할머니들을 닮아가고 있었다. 조형토를 만지작거리던 내 손아귀에 힘이 가해졌다. 말랑거리는 갈색 흙덩이가 손가락 사이로 쭉 밀려 나왔다. 아빠의 과거 이야기는 더

듣고 싶지 않았다. 멈출 줄 모르고 시시덕거리듯 말하는 그가 거북해졌다. 저런 사람이 유명 도예가가 맞는지 의심스러웠다. 적어도 예술가라면 품위 있게 말하고, 예술가처럼 조금은 괴팍하고 과묵해야 하는 거 아닌가. 망가진 삶을 살아가는 한 사람의 인생을 저렇게 심심풀이 땅콩 씹듯 함부로 말해도 되는가 싶었다. 더구나 그의 딸 앞에서!

"너 언제까지 그렇게 주물럭거리기만 할 거야?"

그가 턱으로 내 손을 가리켰다. 나는 황급히 주물럭거리던 흙덩이를 내려놓았다. 그새 조형토는 엿가락처럼 길게 늘어져 흐느적거리고 있었다.

"흙하고 놀라면서요?"

퉁명스럽게 내뱉었다.

"내가 보기엔 화풀이를 하고 있는 것 같은데."

"왜요? 그러면 안 돼요?"

속맘을 들킨 것 같아 약이 올랐지만, 더 어깃장을 놓고 싶었다.

"허허, 안 되긴. 흙은 그래. 그렇게 품이 넓어. 네 맘을 그대로 담아낼 줄 알지. 분노, 실망, 좌절, 행복, 기쁨, 설렘……. 앞으로 그렇게 흙 속에다 솔직한 마음을 담아 놓으면 돼."

그의 얼굴에서 수다스러운 동네 할머니들의 웃음이 사라졌다. 대신 나를 꿰뚫어 보는 듯한 예리함이 메우고 있었다. 나는 눈길 둘 곳을 찾지 못하고는, 그저 말라가는 흙 부스러기를 손바닥에서 떼어내었다. 그런 나를 말없이 바라보던 그가 무슨 생각에선지 벌떡 일어났다.

"자, 그럼 난 잠깐 읍내에 볼일이 있어 다녀올 테니 마음껏 놀다가 가. 내가 오든 안 오든 신경 쓰지 말고."

그는 휑하니 문을 열고 나가버렸다. 나를 바라보던 그의 눈빛을 나는 쉽게 떨쳐내지 못했다. 딱하다는 눈빛. 나는 흙덩이를 뭉쳐 벽돌집을 향해 세게 던졌다. 철퍼덕, 흙덩이는 가마 표면에 납작하게 붙었다. 나는 몇 번 더 흙덩이를 만들어 가마 표면에 던졌다.

'아이 씨.'

기분이 더러웠다. 지긋지긋했다. 어딜 가나 듣기 싫은 아빠 얘기. 도대체 아빠와 내가 무슨 상관이라고. 월촌에 있는 한 아빠는 망령처럼 나를 따라다닐 것이다. 그래서 이 고장을 떠야 하는데, 그게 쉽지가 않아 속이 상했다.

이 생각 저 생각에 얽혀 있다가 문득 열려 있는 쪽문에 눈길이 닿았다. 슬쩍 안을 엿보니 아무렇게나 널브러진 침구와 너저분한 가재도구가 눈에 들어왔다. 그가 숙식을 해결하는 공간인 듯, 때 묻은 전기밥솥과 전기 포트, 냉장고 따위가 보였다. 가족 없이 혼자 사는 것 같았다. 하필 그때 겹쳐지는 얼굴, 수호. 오늘도 수호는 뽁뽁이로 그렇고 그런 찻잔이나 접시를 싸고 또 쌀 것이다. 가슴이 먹먹해졌다. 나는 슬그머니 일어나서 바닥에 떨어진 흙덩이를 줍고, 가마에 붙은 흙덩이를 떼어냈다. 그러고는 앞치마와 팔토시를 얌전히 개켜놓고, 조용히 작업실을 나왔다.

08

힘 없는 사람들

월촌병원은 월촌 읍내에 있는 유일한 종합병원이다. 말이 종합병원 이지 내과와 외과, 소아과, 신경과 등 서너 개의 과가 있는 게 전부였 지만, 어엿한 5층 건물에 응급실과 백여 개의 병상을 갖추고 있다. 특 히 정형외과는 언제나 성황이어서 꽤 유능한 의사들이 포진하고 있다 는 소문이었다. 노인 인구가 많은 탓에 인공관절 수술이나 디스크 수 술 환자들이 넘치기 때문이었다.

연재 할머니가 계신 곳은 4층 정형외과 병동이었다. 여섯 개의 침 대가 조밀하게 놓여 있는 왼쪽 가운데 침상에 연재 할머니는 오른쪽 어깨에 석고붕대를 한 채 모로 누워 계셨다. 뽀글뽀글 웨이브가 있는 흰머리만 아니라면 영락없는 어린아이로 알았을 거다.

"어떻게 왔어?"

보조 의자에 앉아 있던 연재의 눈이 놀라움으로 커졌다. 나는 대답 대신 있는 대로 눈을 흘겨주었다. 아무리 내게 섭섭해도 그렇지, 이런 중대사를 입도 벙긋하지 않은 서운함의 표현이었다.

연재가 결석하자 궁금한 걸 못 참는 민나리가 떠들기 시작했다.

"정이나, 강연재 왜 결석했어? 어디 아프니?"

사실 내가 묻고 싶은 말이었다.

"어우, 어쩐지 니들 요즘 수상하다 했어. 연재 할머니가 병원에 입원했대. 너 모르고 있었니?"

여우 같은 민나리가 다 알고 있으면서 나를 떠본 거였다. 이유야 어떻든 나리 덕분에 나는 연재 할머니가 입원한 월촌병원에 오게 되었다.

"어...어떻게 알았어? 아무한테도 말 안 했는데."

연재가 머쓱한 표정으로 말까지 더듬었다.

"야, 우리 동네에 비밀이 어딨냐?

내 목소리의 톤이 높았던지 연재가 황급히 눈짓을 했다.

"우리 나가서 얘기해. 할머니 금방 잠드셨거든."

연재 할머니의 가녀린 어깨가 새가슴처럼 가늘게 들썩였다. 괜스레 콧등이 시큰해졌다. 우리 할머니나 연재 할머니나 평생 살을 깎아가며 일해 오신 분이었다. 이제 손녀에게 더 깎아줄 살조차 남지 않은 몸이었다.

"어떻게 된 일이야?"

"할머니 어깨뼈가 바스러졌대."

연재의 눈이 금세 붉어졌다.

"바스러진 거라면?"

바스러졌다는 단어가 생경했다. 부러졌다는 말도, 삐었다는 말도 아닌 바스러졌다는 말은 매우 낯설었다. 그러나 분명한 것은 지난번 날아오는 골프공에 맞은 뼈가 예사롭지 않다는 얘기였다.

"연세가 많아 회복이 쉽지 않다나 봐. 진작 병원에 왔어야 하는데, 할머니가 괜찮다고 해서 괜찮은 줄 알았거든. 나 바보 아니니?"

연재가 손바닥으로 얼굴을 가렸다. 연재는 지금 무심했던 자신을 자책하고 있었다. 나는 연재의 어깨에 손을 얹고는 가만가만 토닥였다. 옛날 울보 떼쟁이 연재를 달랠 때면 늘 하던 버릇이었다. 제일 먼저 수호가 시작한 방법이지만.

한참 만에 연재가 얼굴에서 손바닥을 떼고는 코를 훌쩍였다.

"노인들은 뼈가 부러지면 잘 안 붙는대. 너 들어봤지? 골다공증."

그제야 조금은 알 것 같았다. 뼈에 칼슘과 석회성분이 부족해지면 뼈에 송송 구멍이 뚫린다는 골다공증 때문에 연재 할머니의 어깨뼈는 땅에 떨어진 쿠키 조각처럼 바스러진 거였다.

"그럼 수술은 가능해? 수술받으면 낫는 거래?"

"아니. 수술도 못하나 봐."

"그럼 어떻게 되는 거야?"

"그냥 붙기를 기다리는 수밖에 없대."

"언제까지?"

다그치듯 물었지만 연재의 답은 빤했다. 불가능하다는 것. 그렇다면 영영 팔을 못 쓰시는 거고, 장애인이 될지도 모른다는 거였다. 연재는 앞으로 어떻게 살아야 할까. 열여섯 살 연재가 할 수 있는 일이 무엇일까. 짧은 시간 동안 머릿속이 빠르게 회전하며 복잡해졌다.

마침내 연재가 엉엉 소리 내며 울음을 터뜨렸다. 연재의 울음소리가 내 가슴을 후벼 파는 것처럼 아파 왔다. 나는 연재의 어깨를 당겨 가만히 안아 주었다. 목이 뻑뻑해지며 눈물이 나오려고 해서 눈꺼풀에 힘을 주고는 침을 꿀꺽 삼켰다.

"골프장에는 말해 봤어?"

"아니, 아직."

연재가 울음을 멈추고 고개를 흔들었다.

"너 바보니? 내일 당장 가자. 나하고."

"그게 말처럼 쉽지 않을 거야. 할머닌 고용계약서도 안 썼잖아."

풀죽은 목소리로 연재가 말했다.

"그래도 부딪쳐 봐야지. 산재 혜택을 받으면 보상금이라도 나올 거 아니야? 그리고 골프공을 친 사람이 어떤 사람인지 찾아내서 그 사람한테도 보상을 톡톡히 받아야지."

연재가 벌게진 눈으로 따따거리는 나를 멍하니 바라보았다. 어떻게 그런 생각을 하는지 신비스러운 눈빛이었다.

"일단 할머니 진단서부터 떼자. 그리고 내일 우리 둘이 찾아가는 거야. 알았지?"

나도 모르게 목소리에 힘이 들어갔다. 그런 나를 보고는 연재가 피식 웃었다.

"정이나, 너 멋지다."

"야야, 너 지금..., 그 말이 지금 어울린다고 생각하니?"

"아니."

연재가 다시 푸시식 바람 빠지듯 웃었다. 연재의 웃음은 금세 내게 전염되었다. 우리는 그랬다. 연재와 나는 그런 사이였다. 울다가 금세 웃고, 싸웠다가 금세 화해하고. 이번에는 화해 기간이 좀 길었지만 말이다.

"근데 말이야. 그 사람들 우리 말에 콧방귀나 뀔까? 우린 어른도 아니고 애들이잖아."

"너 정말 김빠지는 소리 할래?"

나는 연재에게 면박을 주었다. 말은 꺼냈지만 나도 뾰족한 방도가 있는 건 아니었다. 단 한 번도 그린필드라는 거창한 이름이 붙은 골프장 근처에 가본 적이 없고 거기에 가서 누구를 만나서 말을 꺼내야 할지 알지 못했다.

"알았어. 니가 있으니 용기가 생겨."

"암, 그래야지."

나는 주먹을 불끈 쥐고 흔들어 보였다.

"야, 너 진짜 투사 같아."

연재가 배시시 웃었다.

"우리 진짜 싸워야 할지도 몰라. 우리나라 그렇잖아. 울어야 젖 주는 거. 가만히 있으면 다 바본 줄 알아."

이 말은 할머니가 입버릇처럼 하는 말이었다. 가만히 있으면 바보다. 내가 친구들에게 놀림을 받고 집으로 돌아올 때면 할머니는 늘 그렇게 말했다. 가만히 있으면 바보라고. 하지만 나는 아빠를 미치광이라고 놀리는 애들에게 제대로 대들어 본 적이 없다. 이상하게 아빠만 떠올리면 그런 놀림을 받아도 싸다는 생각이 먼저 들면서 나를 한없이 주눅 들게 했기 때문이다. 대신 수호가 앞에 나서 주었다. 니들 이나 놀리기만 해 봐. 자, 덤벼, 덤벼!

연재가 가늘게 한숨을 쉬며 말했다.

"그래, 뭐든지 해봐야지. 당장은 할머니 병원비도 못 낼 판이야. 병원비만이라도 해결되면 좋겠어."

"걱정 마. 밑져야 본전이잖아."

나는 주먹을 불끈 쥐어 보이며 큰소리를 쳤다.

"고마워, 친구야."

헤어질 때 연재가 한 말이 4층 계단을 달려 내려올 때까지 귀에 쟁쟁거렸다. 고마워, 친구야. 고마워……. 친.구.야!

드물게 오는 버스를 기다리는 동안 나는 폰으로 그린필드를 검색했다. 싸움을 하려면 먼저 상대를 알아야 하는데 연재와 나는 상대에 대해 아는 바가 눈곱만큼도 없었다. 홈페이지를 열자마자 드넓게 펼쳐지는 초록색 잔디밭과 웅장한 건물이 나를 압도했다. 저곳에서 연재 할머니는 쪼그리고 앉아 풀을 뽑았을 테고, 할머니 걸음보다 몇 배나 빠른 공을 줍기 위해 종종걸음을 쳤을 것이다. 나는 잠시 먹먹해지는 가슴을 눌렀다. 홈페이지 메인 화면에서 여러 개의 콘텐츠를 차례대로 클릭했다. 고급호텔을 방불케 하는 숙박시설과 레스토랑, 회의실이 소개된 영상이 흘러갔다. 이어서 잘 다듬어진 인공호수와 초록빛 들판이 조화를 이루며 낙원처럼 펼쳐졌다. 하얗게 빛나는 벙커가 있는 코스는 물론 아름다운 꽃들로 가꿔놓은 정원도 소개가 되었다. 태어나면서부터 늘 무심히 바라보며 자란 월산의 품속에 이렇게 고급스러운 시설이 자리 잡고 있다는 사실이 믿기지 않았다.

홈페이지를 살펴보는 것만으로도 기가 죽는데 내일 제대로 말인들 할 수 있을까? 다짜고짜 사장님을 만나러 왔다고 하면 문 앞에서부터 내쫓길지도 모르는 일이었다. 나는 다시 홈페이지를 차례대로 꼼꼼하게 검색을 했다. 임직원 소개를 살펴봤지만 간단한 인사말과 함께 임직원 일동이라는 무성의한 말로 마무리되었다. 암담했다. 은근히 겁이 나기도 했다.

버스를 타고 오면서 내내 궁리를 했다. 사장님, 팀장님, 부장님, 과장님······. 내가 알고 있는 호칭의 전부였다. 골프장에서도 부장님, 과장님이라는 호칭을 사용할까. 아니면 그린필드라는 영어 이름처럼 그들의 호칭도 영어를 사용하는 건 아닐까. 이 생각 저 생각으로 머리가 어지러웠다.

이 싸움은 쉽지 않은 싸움일 거다. 그들은 힘이 세고, 연재와 나는 힘이 없으니까. 힘센 사람과 힘없는 사람이 싸우면 결과는 뻔하다. 그러나 자명한 것은 가진 사람과 못 가진 사람이 싸우면 가진 사람이 상처를 입는다는 것이다. 못 가진 사람들은 잃을 게 없으므로. 거기에 생각이 미치자 내심 미소가 지어졌다. 그래, 해보자.

나는 다시 그린필드 홈페이지를 열었다. 문득 눈길을 붙잡는 풍경 이미지 하나! 나는 숨을 멈췄다. 월산의 봉우리 가운데 가장 높다는 설봉을 앵글을 멀리하여 잡은 것이었다. 요즘 같은 지구 온난화에도 겨우내 하얀 눈을 머리에 이고 있는 설봉은 붉은 석양빛을 은은하게 받으며 고고하게 서 있었다. 그린필드는 설봉을 정면으로 바라보는, 천혜의 풍광을 차지하고 있는 셈이었다.

월산님, 우리가 이기게 해주세요. 제발! 당신의 허리를 끊은 저들의 편은 들지 않을 거죠?

나는 할머니처럼 간절하게 월산을 향해 빌고 싶어졌다.

09

행과 불행 사이

월산 중턱에 자리 잡은 그린필드로 올라가는 길은 임막순초계탕에서 멀지 않았다.

연재와 나는 아스팔트 포장이 잘 되어 있는 널찍한 산길을 따라 걷기 시작했다. 먼 산에는 어느덧 울긋불긋 단풍들이 옷을 갈아입고 있었다. 토요일이라 그런지, 날씨가 좋아서 그런지 우리가 걷는 동안에도 고급 승용차들이 줄지어 올라갔다. 산허리를 따라 굽이굽이 이어진 길가에는 보라색 구절초가 만발해 있었다. 그린필드에서 가꿔놓은 꽃길이었다.

"우아, 예쁘다."

아름다운 꽃길에 우리는 공원으로 산책이나 나온 사람처럼 감탄사를 연발했다. 보라색 꽃길이 끝나자 잘 가꾸어진 난쟁이 코스모스들

이 우리를 반겼다. 그러나 우리가 감탄사를 내뱉은 것은 딱 거기까지
였다. 코스모스 꽃길을 지나 파란 하늘을 향해 쭉쭉 키를 세운 메타
세콰이어 길이 끝없이 이어졌을 때, 우리는 숨을 헐떡거리고 말았다.

"우아, 대따 머네."

연재가 손부채를 만들어 활활 부쳤다. 이럴 줄 알았으면 먹을 물이
라도 준비해 올 걸 그랬다. 도대체 산굽이를 얼마나 더 돌아야 그린필
드에 다다를지 감이 안 잡혔다.

"도대체 어디야?"

10월의 가을 햇볕은 사정없이 우리의 등허리를 달구었다.

"우리 히치하이킹 할까?"

연재가 장난스럽게 한눈을 찡긋하며 엄지를 세웠다. 마침 산 아래
에서 까만 승용차가 등을 반짝이며 올라왔다.

"야야, 아서라. 치마나 걷어 올리면 모를까."

불행히도 우리는 바지와 티셔츠를 입고 있었다.

"뭐?"

연재가 깔깔거리며 주먹으로 내 어깨를 마구 때렸다. 그러는 사이
고급스러운 외제승용차들은 야속하게 우리 곁을 씽씽 지나갔다. 족히
한 시간 넘게 걸은 것 같았다. 가을 뙤약볕을 줄곧 등허리에 얹고 올
라왔기에 이마에는 송글송글 땀방울이 맺혔다. 마침내 그린필드라는
영어글자가 새겨진 정원석이 눈앞에 나타났다. 입구에는 이국적인 건
축양식의 작은 건물이 있었다. 경비실인 모양이었다. 줄줄이 들어가

는 승용차를 향해 거수경례를 하던 파란 제복의 남자는 정작 사람인 우리를 보고는 눈살을 찌푸렸다.

"무슨 일이지?"

그가 수상쩍은 시선으로 우리를 훑어보았다. 기분이 좋지 않았지만, 따가운 가을 햇볕 탓이려니 여기기로 했다.

"매니저님께 할 말이 있어서 왔는데요."

어젯밤 인터넷을 검색한 결과 골프장에서는 흔히 '매니저'라는 호칭을 사용한다는 것을 알아냈다.

"매니저? 누구?"

그가 경비실에 있는 전화기를 집어 들며 이름을 대라는 듯이 눈짓을 했다.

"이...이름요?"

매니저가 한둘이 아닌 모양이었다. 하긴 국내 굴지에 유명 골프장에 매니저가 한둘일 리가 없었다.

"아, 성함은 모르는데."

내가 쭈뼛거리는 동안 연재가 앞으로 나섰다.

"할머니를 만나러 왔어요. 급하게 전해드릴 말이 있어서요. 여기서 일하시거든요."

"아! 그래? 그렇다면 매니저님을 만날 게 아니라 관리부장님을 만나야지."

천연덕스럽게 둘러대는 연재의 말에 딱딱했던 그의 표정이 다소 누그러졌다. 그는 곧 사무실로 전화를 걸어 뭐라고 하더니 우리에게 손짓을 했다.

"저기 저 클럽하우스 보이지? 거기 가서 관리부장님을 만나러 왔다고 해."

나는 연재에게 잘했다며 한눈을 찡긋해 보였다. 융통성이라고는 눈곱만큼도 없는 나에 비해 연재는 수줍어하면서도 위기의 순간에 기지를 발휘할 줄 알았다. 또한 자존심에 상처를 입으면 야기죽야기죽 상대방의 약을 올리며 오장을 뒤집어 놓을 줄도 알았다. 나는 그런 성격의 연재를 존경의 눈길로 바라볼 때가 많았다. 이번이 그런 때였다.

우리는 파란 잔디밭을 정면에 두고, 웅장하게 서 있는 건물로 걸음을 옮겼다. 클럽하우스 앞에는 골프손님들로 북적였고, 연신 자동차들이 줄지어 드나들었다. 입구에서 우리를 맞은 것은 커다란 조형물이었다. 청자를 머리에 이고 양팔을 비스듬히 하늘을 향해 뻗고 있는 형상이었다. 한 발은 땅을 디뎠으며, 또 한 발은 뒤로 불안정하게 뻗고 있어 곧 넘어질 듯 위태로워 보였다. 그는 사람 같기도 하고, 전설 속에 등장하는 신비스러운 동물 같기도 해 묘한 분위기를 연출했다. 청자는 흙으로 빚어 가마에 구워낸 도예작품이라는 걸 알 수 있겠으나, 청자를 받치고 있는 인물은 도예작품이 아닌, 조소 작품 같아 보여 도예와 조소의 경계가 모호해졌다. 어쩐지 골프장에는 어울려 보이지는 않았지만, 뭔가 모르게 예술적인 냄새는 풍기고 있었다. 나는 이끌리듯 작품 가까이 다가갔다. 작품 하단에 새겨진 작가의 이름을 본 순간 나는 짧게 탄성을 질렀다.

작품명 : 기억을 담는 시간
작　가 : 이준서

나는 한동안 홀린 듯이 그의 이름을 노려보았다. 청자를 이고 있는 인물의 표정은 우는 듯, 웃는 듯 도통 종잡을 수 없는 표정이었다. 기억이란 저런 거였던가 싶었다. 때로는 행복, 때로는 고통인 기억들. 그 불안정한 기억들을 짊어지고 우리는 파란 창공을 향해 훨훨 날고 싶어 한다. 왠지 전율이 느껴지며 숙연해졌다.

"우와, 예쁘다."

감탄의 소리를 내는 연재로 인해 퍼뜩 상념에서 벗어났다. 연재가 가리킨 곳은 파란 잔디밭 가장자리에 들쑥날쑥 엇비슷하게 서 있는 하얀 사슴들이었다. 설마 진짜 사슴일 리는 없고 그럼 저게 모두 이준서 씨의 도예작품들?

나도 모르게 사슴을 향해 달려가고 말았다. 연재도 곧장 잔디밭을 가로질러 달려갔다. 크기와 모양이 비슷한 앙증맞은 사슴들은 역시나 가마에 구운 도예작품이었다. 작가의 이름이 없어 이준서 씨의 작품인지 아닌지는 알 수 없었으나, 한동안 연재와 나는 앙증맞은 사슴에 홀려 이곳을 찾은 목적도 잊은 채 감탄사만 날렸다.

"너희들 여기서 뭐 하는 거야?"

한 남자가 클럽하우스에서 나오며 우리를 향해 큰소리로 외쳤다.

우리는 화들짝 놀라서 황급히 잔디밭을 나왔다. 단정한 양복 차림으로 보아 클럽 라운지에서 사무를 보는 사람인 것 같았다.

"여기 관리부장님을 만나러 왔는데요."

내가 냉큼 말했다.

"관리부장님?"

항공기 승무원처럼 단정한 제복을 입은 젊은 여자가 고개를 갸웃거렸다.

"아...아니요. 그린필드 책임자분을 만나러 왔어요."

연재가 나서며 내 말을 정정했다.

"책임자분?"

여자가 눈을 동그랗게 떴고, 나도 연재의 배포에 놀라서 눈을 치떴다. 하긴 그런 일을 해결하려면 일개 관리부장보다야 책임자가 낫겠다 싶었다.

"할머니가 얼마 전에 이곳에서 일하다가 골프공에 맞아 어깨를 다치셨어요. 크게 다쳐서 지금 병원에 입원해 계세요. 그래서……."

연재의 목소리가 일순 울먹이는 듯했다. 연재가 울먹이자, 여자의 표정에 순간 동정의 빛이 어렸다.

"그러니? 그런 일이라면 대표이사님이 아니라 조경담담 부장님을 찾아야지. 저기서 기다리고 있어. 곧 연락해 볼게."

우리는 여자를 따라 라운지 안으로 들어갔다. 고풍스러운 느낌의 안락의자와 멋진 장식품, 그리고 각종 골프용품이 진열된 라운지 안에는 사람들로 제법 북적거렸다. 연재와 나는 쭈뼛거리며 사방을 두리번거렸다. 훤하게 트인 통창 밖으로 눈이 시릴 정도로 푸른 잔디밭이 끝없이 펼쳐져 있었다. 잔디밭 사이사이로 뻗어 있는 사잇길에는 날렵하게 옷을 빼입은 여자들이 골프가방을 메고 걸어 다니거나 카트를 몰고 있었고, 잔디 위에는 골프채를 휘두르는 사람들이 눈에 띄었다. 나는 그 사이에서 풀을 뽑거나 공을 줍는 우리 동네 할머니들을 눈으로 찾았다. 모두 아는 분들이니 여기서 만난다면 반가울 것 같았다. 그러나 어디에서 일하는지 한 사람도 눈에 띄지 않았다. 오늘은 일하는 날이 아닌가 싶어 연재를 돌아보았다. 연재도 나처럼 분주하게 두리번거리며 뭔가를 찾고 있는 눈치였다. 보나 마나 나와 똑같은 생각을 할 거라는 생각이 들자, 어쩐지 서글픈 기분이 들었다.

"야, 뭐해?"

속삭이며 연재의 옆구리를 손가락으로 슬쩍 찔렀다.

"어? 어."

연재가 겸연쩍게 웃었다. 낯선 기분으로 꽤 오랫동안 서성였을 때에야 하얀 캡을 쓴 작업복 차림의 남자가 우리를 불렀다. 일하다가 들어왔는지 남자의 바짓가랑이에는 마른 풀잎이 두어 가닥 붙어 있었다. 한눈에도 우리를 반기는 표정이 아니어서 괜히 어깨가 움츠러들었다.

"나를 찾았다고? 여긴 시끄러우니 저쪽으로 가자."

남자는 우리를 몰다시피 하며 작은 방으로 들어갔다. 작은 테이블을 사이에 두고 우리는 자연스럽게 마주 앉았다.

"도대체 무슨 말이야?"

남자가 이맛살을 찌푸리며 퉁명스럽게 말했다.

"혹시 이귀례 씨를 아세요?"

"이귀례?"

남자가 금시초문이라는 듯 되물었다.

"네, 우리 할머니예요. 지난번……."

연재가 말을 멈추고 침을 꿀꺽 삼켰다.

"정확하게는 9월 15일 여기서 일하다가 누군가의 공에 어깨를 맞으셨어요."

"무슨 말을 하는 거야? 그런 분은 전혀 모르는데."

남자의 표정은 조금 더 굳어졌다. 예상치 못한 그의 반응에 연재가 선뜻 말을 잇지 못했다. 이번에는 내가 나섰다.

"그렇게 시치미를 떼시면 안 되죠. 할머니는 여기서 몇 년 동안 일하셨어요. 처음엔 풀을 뽑으셨고, 근래에는 골프공을 주우셨죠. 모른다는 거짓말은 하지 마세요."

"참나, 애네들이 어디 와서 생떼야? 머리에 피도 안 마른 것들이."

남자가 험악하게 눈을 부라렸다. 속에서 울컥 분노가 치밀었다. 어른들은 걸핏하면 우리가 어리다며 무시하려고 한다.

"할머니 어깨뼈가 으스러졌어요. 연세가 많아 이제 낫지도 않는단 말이에요. 일하다가 다쳤으니 산재보험 처리해주세요. 아니면 골프공을 친 사람을 만나게해 주시던가요."

나는 물러서지 않고 그를 닦아세웠다. 중학생이라고 얕보려는 그에게 보기 좋게 한 방 먹이고 싶은 마음이 앞섰다. 그러나 그는 꿈쩍도 하지 않았다.

"니들이 무슨 말을 하는지 나는 하나도 모르겠다. 이귀례 씨가 누군지도 모르고, 그런 분을 여기서 쓴 적이 없어. 니들이 따지려면 증거를 가지고 와 봐."

'증거'라는 말에 연재와 나는 입을 다물었다. 그래, 이런 일에는 증거가 있어야 하고, 증거는 눈으로 보이는 것이어야 하는 법인데 그 생각을 미처 하지 못했다. 연재 할머니는 고용계약서조차 쓰지 않았으니 증거가 될 만한 서류가 있을 리가 만무했다. 나는 입술을 잘근 깨물었다.

"자, 할 말 다 했으면 난 간다."

남자는 자리를 박차고 밖으로 나갔다. 연재는 울상을 지었고, 나는 화가 나서 그의 뒤통수를 노려보았다.

"이제 어떡하니?"

"뭘 어떻게 해? 이제부터 시작이지."

이상하게 뱃속 밑바닥에서부터 무언가 꿈틀거리고 있었다. 알 수 없는 분노였다. 그건 쉽사리 가라앉을 것 같지 않았다.

"연재야, 가자. 다음에 또 오자."

다음에는 좀 더 철저하게 준비를 해서 따져야겠다는 생각이 들었다. 연재와 내가 라운지로 나왔을 때였다.

"저...저 사람?"

나는 그만 벌어진 입을 다물지 못했다. 내가 발견한 사람은, 얼마 전 주차장에서 아빠 얘기를 떠벌린 변호사라는 사람들 중에 한 명이었다. 틀림없었다. 화가 난다는 듯이 이쑤시개를 바닥으로 홱 내뱉은 사람! 걷잡을 수없이 심장이 뛰기 시작했다.

"이나야, 왜 그래?"

얼음처럼 굳어버린 나를 연재가 툭 쳤다. 그러나 연재의 말이 귀에 들어올 리가 없었다. 가서 말을 걸어야 하는데, 이번에 기회를 놓치면 안 될 텐데……. 머릿속에서 여러 마리의 말벌들이 윙윙거렸다. 그러는 사이 그는 골프를 다 마쳤는지 가방을 어깨에 메고는 라운지 밖으로 나갔다. 그의 일행인 듯한 사람들도 밖으로 나갔다. 나는 얼른 그들의 뒤를 따랐다. 그들이 나가자마자 눈에 익은 감색 승용차가 미끄러지듯 다가왔다. 나는 얼른 자동차 번호판을 살폈다.

34로 4236

사진처럼 숫자가 머릿속에 찍혔다. 나는 번개같이 뒤돌아 라운지로 달려갔다. 좀 전에 만났던 여자에게 다가갔다. 가슴에는 '정나라'라는 이름의 명찰이 붙어 있었다.

"저 있잖아요, 언니."

언니가 무슨 일이냐는 듯 눈으로 물었다.

"저 이 자동차 키를 주웠거든요."

내가 언니에게 보인 자동차 열쇠고리는 엄마가 남긴 것이었다. 얼핏 보기에는 꽤나 고급스러워 보이는 디자인이지만, 사실은 싸구려였다. 책상 서랍 안에 소중히 간직하고 있는 몇 안 되는 엄마의 물건인데, 이상하게 며칠 전부터 그걸 주머니 속에 넣고 다녔더랬다. 그게 이렇게 쓰일 줄이야.

"방금 전에 떠난 사람들 중에서 흘린 것 같아요. 자동차 번호는 34로 4236인 것 같았어요."

"어머나, 그래?"

언니는 내 손바닥 위에 키를 집으려고 했다. 나는 얼른 손바닥을 오므리며 말했다.

"지금 전화를 걸어 확인해 보세요. 아닐 수도 있잖아요."

그러는 동안 연재는 무슨 일이냐는 듯 계속 신호를 보냈지만, 나는 애써 외면했다. 언니는 책상 위에 있는 서류를 넘기더니 자동차 번호를 찾았는지 전화번호를 손으로 읽었다. 그사이 나는 재빨리 전화번호와 이름을 머릿속에 새겨두었다.

010 3771 35** 권용재

"여보세요? 아, 권 변호사님. 혹시 자동차 키 잃어버리셨어요?"

한동안 자동차 안에서는 각자 자신의 자동차 키를 확인해 보느라 왁자지껄 소동이 일었을 터였다. 잠시 뒤 언니가 전화기에 대고 허리를 숙여 인사를 했다.

"네네, 죄송합니다. 괜히 소란피워 드렸네요. 죄송합니다."

전화기를 내려놓더니 언니가 고개를 갸웃거렸다.

"애, 아무래도 우리 손님 건 아닌 것 같아. 하지만 혹시 모르니까 여기에 보관해 둘게. 나중에 주인이 찾으면 돌려주도록 할게."

언니는 엄마의 열쇠를 서랍 안에 쏙 집어넣었다.

"네, 안녕히 계세요."

서랍 안으로 들어가는 열쇠고리를 바라보며 가슴이 쓰렸지만, 어쩔 수 없었다. 연재가 종종걸음을 치며 나를 따라왔다.

"야, 너 무슨 수작을 부렸어? 그거 니네 엄마 꺼 아니야?"

"혹시 아니? 그 사람 변호사라잖아. 우리를 도와주게 될지 모르잖아."

"아하!"

그제야 연재가 환하게 웃으며 손뼉을 쳤다.

10

어미라는 건

'툭툭 투두둑.'

시도 때도 없이 알밤이 떨어졌다. 자동차가 쌩쌩 달리는 도로에도, 학교로 가는 골목길에도 발에 채는 게 밤송이었다. 재수라도 없는 날이면 까슬한 밤송이로 머리를 얻어맞기 십상이었다. 가방을 머리에 인 채 밤나무 밑을 지날 때면 우리는 너나 할 것 없이 투덜거렸다.

'어떤 생각 없는 작자가 밤나무를 이렇게 많이 심은 거야?'

유난히 머리숱이 적은 민나리는 아예 3단 양산을 받쳐 들었다. 교실에 들어와서는 거울 앞에서 헤어롤로 앞머리를 말아 세웠다.

밤송이로 연일 홍역을 치르는 우리와 달리 도시 사람들은 밤송이를 보면 환호성을 질러댔다. 주말이면 월산을 찾아오는 사람들의 행렬도 끊이지 않았다. 인터체인지로 들어가려는 자동차들로 도로는 정체를

빚기 일쑤였고, 덕분에 할머니의 초계탕에는 가을인데도 심심찮게 손님이 들었다. 여느 해라면 여름 장사를 마무리하고 벌써 겨울 채비를 할 시기임에도 할머니는 어쩐 일인지 올해는 식당 문을 계속 열어두었다. 마치 한 사람의 고객이라도 더 받으려고 애를 쓰는 눈치였다. 그러니 할머니의 몸에 과부하가 걸린 건 당연했다. 자리에 앉거나 누울 때면 할머니 입에서 아구구 소리가 절로 새어 나왔다.

"할머니, 병원에 좀 가."

여름내 햇볕 한 번 안 쬐고 내내 주방일을 한 할머니의 안색은 좋지 않았다. 걱정이 안 된다면 거짓말이었다.

"병원은 무슨. 한겨울 쉬고 나면 거뜬히 일어날 겨."

"아이고 어머니, 그러지 말고 병원 가서 엑스레이 좀 찍어보세요. 아무래도 디스크 같아요."

은옥도 걱정스럽게 거들었다.

"쓸데없는 소리 말어. 내 몸은 내가 알어."

할머니는 성을 내며 단호하게 두 손을 내저었다. 쇠심줄 같은 할머니의 고집을 꺾기란 쉽지 않았다. 저렇게 고집을 부리다가는 연재 할머니처럼 어딘가 크게 고장이 날 것 같았다. 연재 할머니나 우리 할머니나 여든을 눈앞에 둔 나이였다.

아빠는 그런 사정을 아는지 모르는지 요즘 들어 부쩍 빈집으로 건너가는 날이 잦아졌다. 밤이면 어김없이 촛불을 밝혔다. 전등을 밝힌 것처럼 창문이 훤한 걸 보면 한두 개의 촛불로 만족하지 않고 마치 축

제라도 벌이듯 여러 개의 촛불을 밝히고 있는 듯했다.

한밤중 잠에서 깨어 언뜻 눈을 떴을 때 불그스름한 서쪽 창가를 보면 나도 모르게 소스라치게 일어나곤 했다. 그럴 때마다 속에서 거센 불꽃이 일었다.

'아이 씨. 도대체 왜 저러는 거야?'

자신의 존재를 저렇게라도 증명해 보이려는 걸까. 아니면 자신만의 세계로 들어가서 단단히 마음의 빗장을 걸어버린 걸까. 도대체 뇌 구조가 어떻게 된 인간이기에 저렇게 천하태평일까. 나는 실낱같은 불빛이라도 철저하게 차단하고 싶어 커튼을 여미고 또 여몄다.

꼭꼭 닫힌 커튼처럼 하루하루가 답답했다. 가을은 점점 깊어가고 겨울로 치닫고 있는데, 뭐 하나 속 시원하게 해결된 일은 없었다. 도자기 공장에서 뽁뽁이 작업을 하는 수호는 잘 지내고 있다는 문자 하나 달랑 보내놓고 감감무소식이었다. 연재와 나는 두어 번 더 그린필드를 찾아갔으나, 조경 부장이라는 작자는 꿋꿋하게 오리발을 내밀고 있었다. 다른 방법을 강구해야 했지만, 뾰족한 묘안이 떠오르지 않았다. 거대한 집단과 싸우기에는 우리의 힘이 너무나 미약했다. 그럴 때마다 연재는 왜 그 변호사라는 사람에게 연락을 하지 않느냐며 잔소리 아닌, 잔소리를 해대고 있었다. 하지만 권용재라는 사람의 전번은 여전히 내 핸폰 메모장에 저장된 채, 무겁게 나를 짓누르고 있었다. 나는 용기를 내지 못하고 차일피일 전화걸기를 미루고 있었다. 행여 그 사람이 쥐고 있는 게 열쇠가 아니라 자물쇠일까 봐 겁이 났다.

'슈욱!'

늦은 밤 카톡 문자가 들어왔다. 연재였다.

> 나와.

연재 특유의 명령형이었다. 한순간 글자가 하드보일드체로 보였다. 내가 뭘 또 잘못했나 싶어 짧은 시간 동안 휘리릭 머릿속 필름을 돌려 보았다. 별로 짚이는 게 없었다. 잘못이 있다면 그 변호사에게 아직 전화를 걸어 도움을 요청하지 못했다는 것. 그러나 연재 또한 큰 기대를 거는 것 같지 않았는데 대체 무슨 일인지 감이 오지 않았다. 귀찮은 생각이 들었으나 마음과는 달리 나는 주섬주섬 옷을 챙겨 입었다.

"이나야!"

연재는 나를 보자마자 다짜고짜 끌어안으며 울먹였다.

"야아, 무슨 일이야?"

갑작스러운 행동에 나는 연재의 팔을 끌어내렸다.

"있잖아, 이거."

연재가 코를 훌쩍이며 뭔가를 내밀었다. 얼핏 보니 적금통장이었다. 가로등에 비친 통장의 주인은 '강연재.'

"이거 네 꺼잖아?"

나는 언제 연재가 적금 같은 걸 들었나 싶어 놀랐다.

"할머니가 나 몰래 들어났나 봐."

울보 연재의 눈에서 급기야 굵은 눈물이 주르르 떨어졌다. 통장의 앞면을 넘겨 보니 최초 가입연도가 2010년, 연재가 하월로 들어온 해였다. 10년 만기 천만 원짜리였다.

"우와!"

아직 만기는 안 되었지만, 대략 따져보아 원금만 해도 600만 원이 넘었다.

"이거 어떻게 알았어? 할머니가 가르쳐 주셨어?"

연재가 고개를 흔들었다.

"우연히 찾았어. 장롱 서랍 속에서. 혹시나 돈 될 건 없나 싶어서 집 안을 뒤졌더니 이게 나오지 뭐야."

그렇다면 연재 할머니는 모르긴 몰라도 연재의 대학등록금으로 준비해 놓은 것이리라. 그러니 당연히 적금 깨는 걸 바라지 않으실 테고, 연재는 지금 적금을 깨서 할머니 병원비로 쓰고 싶다는 말이었다. 연재는 그에 대한 조언을 내게 구하는 중이었다. 안 봐도 비디오, 척하면 착이었다.

"어떻게 할 거야?"

"당근 깨야지. 대학은 안 갈 거니까."

연재가 당연하다는 듯이, 결연한 어조로 말했다. 나는 천천히 고개를 끄덕였다. 이 정도라면 일단 급한 불은 끌 수 있을 것 같았다. 문득 안도감이 들었다. 권용재에게 전화를 걸지 않아도 된다는 안도감.

"그래서 말인데 내일 나하고 은행에 같이 갈래?"

"난 또. 당근 가야지. 그런데 할머니 허락은 받아야 되는 거 아니야?"

"야, 안 돼. 절대 안 돼. 할머니가 알아봐라. 절대 못 하게 할 걸."

연재가 펄쩍 뛰었다. 연재 말이 옳았다. 연재 할머니라면 충분히 그러고도 남을 거다. 연재 할머니나 우리 할머니나 미련한 고집불통인 건 똑같으니까.

"고마워 친구야. 이거."

연재가 불쑥 은박지에 싼 뭔가를 내밀었다. 보나 마나 연재가 인터넷 레시피를 보고 만든 간식이었다.

"밤 양갱이야."

"밤 양갱? 너 이런 것도 만들 줄 알아?"

나는 신기해서 연재가 만든 양갱을 들여다보았다. 동그란 모양에 제법 꽃모양까지 넣은 걸 보니 예사 솜씨가 아니었다.

"그럼, 요즘 흔하디 흔한 게 밤이잖아. 이거 만드는 거 쉬워."

연재가 만든 양갱을 한 입 깨물고 나서, 나는 감탄을 금치 못했다. 달짝지근한 맛은 물론이려니와 입에 착착 감기는 게 전문가 저리가라였다. 연재는 어려서부터 할머니를 도와 음식을 잘 만들었다. 처음에야 고단한 할머니를 돕기 위해서였지만, 어느 순간부터 요리는 연재의 취미이자, 재미가 되어버렸다. 특히 연재가 만든 매콤떡볶이는 둘이 먹다가 하나가 죽어도 모를 만큼 기가 막혔다. 수호와 내가 연재가 만든 매콤떡볶이를 먹으며 눈물콧물 다 흘릴 때면 연재는 흐뭇한 엄마 미소를 지으며 즐거워했다.

연재는 입이 궁금할 때 먹으라고 했지만 나는 오는 길에 양갱을 다 먹고 말았다. 달콤한 연재의 양갱은 단숨에 나를 즐겁게 만들었다. 그러나 집 앞에서 막 출발하려는 냉동차를 본 순간, 즐거웠던 기분이 싹 사라지고 말았다. 닭을 싣고 온 탑차였다.

'아니 뭐야? 또야?'

아프다면서 기를 쓰고 문을 여는 할머니가 이해되지 않았다. 식당 문을 벌컥 열었다. 아니나 다를까. 말갛게 씻긴 닭들은 이미 커다란 채반에 담겨 물기를 빼고 있는 중이었다. 주방을 가로질러 가마솥이 걸린 뒤란으로 곧장 나갔다. 여러 가지 약재들이 차곡차곡 쟁여져 있는 가마솥이 눈에 들어왔다. 아궁이 속에는 실한 참나무 장작들이 불꽃을 피울 준비를 마친 채, 땟물 벗긴 닭을 기다리고 있었다. 한약재 특유의 알싸한 냄새가 쌀쌀한 밤바람을 타고 콧속으로 밀려 들어왔다.

"할머니, 쉬라니까 대체 왜 그러는 거야?"

한 해 장사 마무리는 벌써 끝냈어야 할 시기였다.

"운냐, 왜 안 자고?"

이 시간에 웬일이냐는 뜻이다. 뼈만 남은 할머니 얼굴이 내 주먹보다 작아 보였다.

"상강이 낼모레잖아. 대체 왜 그래?"

심사가 편치 않아 자연스레 말투가 퉁명스러워졌다.

"손님들이 찾을 때까지 해야제. 아이구구."

허리를 펴던 할머니가 또 비명을 질렀다.

"그거 봐. 내일 장사 접고 병원에 가."

마침 은옥이 채반에 담긴 닭들을 내오다가 내 말에 한마디 더 보탰다.

"이나 말 들어요, 어머니."

"살날이 얼마 안 남았으니 부지런히 해야제."

할머니는 더 아무 말 말라는 듯이 입을 굳게 다물었다. 요즘 들어 할머니는 부쩍 살날 타령을 했다. 불현듯 스산한 바람처럼 불길한 느낌이 가슴을 파고들었다.

"할머니!"

"아이고, 어머니. 백 살까지 거뜬하게 살 텐데 무슨 그런 말을 해요?"

은옥이 나보다 더욱 정색을 하며 소리를 높였다. 할머니는 딴청을 피우며, 가마솥 안으로 닭들을 차곡차곡 집어넣었다. 할머니가 가마솥에 닭을 쟁여 넣는 솜씨는 가히 예술이라 할 만하다. 그 많은 양이 어떻게 다 들어갈까 싶은데도 요리조리 닭들의 생김새를 따라 예술적으로 담긴다. 공간예술가도 저리 가랄 정도다. 할머니는 솥뚜껑을 덮고 불쏘시개에 불을 붙였다. 소르르 타오른 불꽃은 밤바람을 타고 이내 잘 마른 참나무 장작으로 옮겨붙었다.

"세월리 인우 엄마는 가스로 하는 찜솥으로 한다더라. 자동으로 온

도가 맞춰져서 불 땔 필요도 없고, 밤샐 필요도 없대. 시간만 되면 저절로 딱 멈춘다네. 고기 맛도 아주 좋다던데."

은옥이 나를 향해 한 말이었지만, 그건 정작 할머니 들으라고 한 소리였다. 세월리 인우 엄마는 고모였다.

"그게 어디 초계여? 쫄깃쫄깃 감칠맛을 살리려면 참나무 불땀만 할까."

할머니는 어림없는 소리 하지도 말라며 고개를 흔들었다.

"힘들면 어여 들어가. 내가 다 할겨."

은옥이 입을 비쭉이며 할머니 뒤에서 혀를 쏙 내밀었다. 바람을 타고 아궁이 속 장작불이 활활 타오르며 타닥타닥, 경쾌한 소리를 냈다. 아궁이를 들여다보던 할머니가 흘깃 길 건너를 바라보았다.

"아범은 또여? 자네가 좀 가 부아."

할머니의 얼굴에 근심스러운 빛이 드리워졌다. 그가 또 촛불을 켰는지 창문이 불그스름하게 물들었다. 은옥은 기다렸다는 듯이 둘렀던 앞치마를 훌훌 벗어던지더니, 쪼르르 달려나갔다. 저렇게 좋을까. 저런 것도 일종의 사랑일까. 아빠에 대한 은옥의 사랑은 거의 맹목적이라고도 할 수 있다. 사랑은 give and take라는데, 아무것도 얻을 것 없는 저런 인간과의 사랑은 맹목적이란 표현이 딱이었다. 아니면 병적인 집착이거나.

"보물단지라도 묻어놨는지."

할머니가 장작불을 고르며 누구에게랄 것도 없이 낮게 중얼거렸다.

나는 못 들은 척하고는 할머니와 나란히 아궁이 앞에 쪼그려 앉았다. 찬 기온 때문인지 따스하게 몸을 덥혀주는 불꽃이 싫지 않았다. 어느새 가을이 성큼 깊어가고 있었다. 곧 진로를 결정해야 하는데, 아직 내 마음은 우왕좌왕, 갈팡질팡이다. 도예 고등학교, 이준서라는 사람. 선뜻 그쪽으로 발걸음이 향하지 않는 건, 단순히 그 날 그 일 때문이었을까? 이럴 때 엄마라는 사람이 있었다면 진로 결정이 쉬웠을 것이다. 평범한 아이들처럼 엄마가 다 결정해 놓은 대로 가면 될 것이다. 그 애들은 엄마의 로봇이니, 꼭두각시니 불평을 늘어놓을 테지만 그게 얼마나 복 받은 일인지 전혀 모를 거다. 골치 아프게 진로에 대해 고민할 필요도 없을 거고 하라는 대로 시키는 대로 하는 게 얼마나 쉬운 일인지 모르고 있는 거다.

야야, 반달 봐, 하얀 반달. 돛대도 없이 삿대도 없이 잘도 가잖아. 우리도 엄마아빠 없이 잘 살아낼 거야. 그때 우리는 뭐든 게 쉬워 보였고, 마음만 먹으면 뭐든지 할 수 있을 거라는 자신감이 있었다. 그때는 어렸으니까.

"공부가 힘들제?"

할머니의 주름진 얼굴이 불빛으로 반질반질해졌다. 덕분에 십 년은 젊어 보였다.

"힘들기는 뭘. 내가 언제 공부하는 거 봤어?"

"그려. 공부가 다가 아니제. 근디 고등핵교는 어디로 갈겨?"

할머니가 고등학교 얘기를 꺼낸 건 처음이었다. 심장이 툭툭 소리를 내며 불규칙적으로 뛰었다.

"할머닌 어디로 갔음 좋겠어?"

차라리 할머니가 딱 결정을 해주었으면 좋겠다.

"할미가 뭔 상관이여? 이나 니가 좋음 되제."

"그래도."

불쑥 서운한 감정이 솟구쳤다. 할머니는 내가 무엇이 되든, 어디로 가든 상관이 없다는 말로 들렸기 때문이다.

"어디로 가든 니 좋은 데로 하고 살어. 할미는 우리 이나가 좋으면 만사 오케여."

어쩐지 할머니에게 속마음을 들킨 것 같았다. 가슴이 따끔거리며 얼굴이 달아올랐다. 나는 한동안 아궁이 속에서 제 몸을 불사르고 있는 참나무 장작을 바라보았다. 머릿속에서 만 가지 생각이 들끓으며 제멋대로 뒤엉켰다.

침묵을 먼저 깬 건 할머니였다.

"이나, 니 알고 있나? 저 솥 안에 있는 닭들 말이여."

밤바람이 싸하게 불며 아궁이 속으로 들어갔다. 화르륵 불꽃이 일었다.

"저게 다 폐계란 말이시."

가뜩이나 말귀를 알아듣지 못한 데다 할머니가 웅얼거리듯 해서 나는 그저 가만히 있었다.

"평생 알만 낳다가 늙었제. 남은 건 바짝 마른 살갗과 뼈뿐이여. 그래서 더 쫀득거리는 거여. 할미가 뭐 쥐뿔 난 비법이 있는 게 아니여. 사람들은 그걸 몰러. 암, 아무도 모르는 게지."

아, 그럼 할머니의 비법이 저 폐계에 있었단 말인가. 세월리 고모에게도 알려주지 않은 그 독특한 비법. 왠지 할머니에게 속았다는 생각에 머릿속이 멍해졌다.

"그런 거여. 어미란 그런 거지. 암, 그런 게지."

할머니는 천천히 고개를 주억거렸다. 도대체 뭐가 그렇다는 건지 도통 알 수 없었다.

"자식에게 제 살을 깎아 먹이는 게 어민겨."

순간 머릿속이 텅 비워지는 느낌이었다. 제 살을 깎아 자식에게 먹이는 어미. 세상 모든 어미가 다 그런 건 아니었다. 그건 할머니한테나 해당하는 말이었다. 우리 엄마나 연재 엄마는 그런 어미가 아니었다. 자식은 아랑곳하지 않고 저 살길만 찾아 떠난 파렴치한 엄마들은 지금쯤 피둥피둥 살이 오른 암탉일 거다. 삼복더위 백숙 감으로나 딱 알맞은.

울컥 속으로부터 덩어리가 올라왔다. 나는 자리에서 발딱 일어났다.

"나 잘래."

"운냐, 어여 들어가. 감기 들어."

할머니는 어여 가라며 부지깽이를 든 손을 흔들었다. 쿵쾅거리며 이층으로 올라왔다. 까닭 없이 화가 났다. '자식에게 제 살을 깎아 먹인다는 어미'라는 말이 귓전에서 뱅뱅 맴돌았다. 그거였다, 내가 화가 난 이유가. 할머니는 온전히 나의 할머니인 적이 없었다. 단 한순간도. 할머니는 그저 내 아빠 정상대의 어미일 뿐이었다. 정상대를 위해 제 살을 깎고 또 깎는 어미였다. 그러나 연재 할머니는 온전히 연재의 할머니였다. 연재와 나는 그게 달랐다. 그래서 자꾸 화가 나는 거였다.

방으로 들어와 버릇 대로 폰을 집어 들었다. 새로운 메시지가 두 통이나 되었다.

> 오늘도 안 오는구나.

> 시간이 없는 건 내가 아니라 너야, 인마.

이준서 씨의 메시지였다. 어린애 취급하는 듯한 말투가 거슬렸다. 짤막한 문자를 시차에 걸쳐 두 번으로 나누어 보낸 건 또 무슨 꿍꿍인지 모르겠다. 나는 폰을 던지다시피 내려놓고 침대 속으로 들어갔다. 모든 게 다 귀찮았다. 이럴 때 수호라도 있다면 좀 의욕이 생길까. 더듬거려 폰을 찾아서는 수호에게 톡을 보냈다. 그러지 않고는 견디기가 어려웠다.

> 죽었냐?

꽤 오랜 시간이 지나도록 수호는 톡을 열어보지 않았다. 왈칵 서운한 감정이 밀려왔다. 수호의 가슴 안에 내가 있기는 한 걸까.

금요일 오후, 은행은 만원이었다. 하필 월말 마감이라는 것도 은행 안이 북적이는 이유 중에 하나였다. 창구 직원은 셋밖에 되지 않는데 고객은 넘쳤고, 개인 상담 시간은 꽤 길었다. 연재와 나는 번호표를 뽑고 나서 자판기에서 커피를 뽑아 마셨다. 커피를 다 마신 다음에도 한참이나 지나서야 번호가 떴다.

연재는 번호표를 들고 한 손으로 내 손을 잡아끌었다. 창구에 있는 여직원은 상업적인 미소를 지은 채 우리를 건너다보았다.

"뭘 도와드릴까요?"

"적금을 해약하려고요."

연재는 플라스틱 받침대 위에 통장과 도장을 내려놓았다. 여직원은 통장을 열어보고는 물었다.

"신분증 가져왔어요?"

"아, 네."

연재가 학생증을 꺼내놓았다. 학생증에는 새침한 표정으로 입을 꼭 다물고 있는 어린 연재가 있었다. 누가 봐도 초딩으로 보이는 얼굴이었다.

"중학생이에요?"

학생증을 훑어본 직원이 물었다.

"네."

연재가 긴장한 표정으로 고개를 끄덕였다.

"이귀례 씨가 누구예요?"

"우리 할머닌데요."

연재가 의아스럽게 직원을 건너다보았다.

"이거 학생 꺼지만 해약은 할 수 없어요."

여자의 눈빛에 의심이 담겼다.

"아니, 왜요?"

연재와 내가 동시에 물었다.

"명의는 학생 명의로 되어있지만, 이귀례 씨가 법정대리인이에요. 만일 해지를 원한다면 할머니와 같이 와야 해요."

"할머니가 많이 아프단 말이에요. 그래서 못 오세요."

연재는 거의 울 듯한 표정이었다.

"진짜예요. 지금 병원에 입원해 계신데 병원비 내야 하거든요."

나도 선뜻 나섰다. 여자의 표정에 살짝 미소가 감돌았다. 우리 말을 믿지 않는 눈치였다.

"거짓말 아니거든요."

벌써 울보 연재는 울먹이기 시작했다. 나는 얼른 눈짓을 보내며 연재의 옆구리를 꾹 찔렀다. 대책 없이 눈물샘이 터지는 연재가 이럴 때는 참으로 난감했다.

"사정은 딱하지만 안 돼요. 법이 그렇게 되어 있어서. 할머니하고 같이 올 때는 신분증, 도장, 가족관계 증명서도 필요해요."

여자가 사무적으로 말했다. 말투가 쌀쌀하게 느껴졌다. 우리를 완전히 불량청소년 취급하는 눈초리에 속이 상했다.

"그럼 만일 할머니가 돌아가시면요? 그럼 못 찾는 거예요? 뭐 그런 법이 다 있어요?"

약이 올라 따따따 따졌다.

"그땐 상황이 달라져요. 만일 돌아가시면 사망진단서를 갖고 오면 돼요. 딩동!"

여자는 다음 번호를 누르고는, 벌써 우리 어깨너머로 다음 고객을 찾고 있었다. 우리는 더 할 말을 찾지 못하고 은행을 나오고 말았다.

"아우, 짱나! 뭐 이런 개떡 같은 법이 다 있어. 본인 이름으로 되어 있는 통장을 본인이 못 찾으면 누가 찾아?"

투덜거리는 나와는 달리 연재는 잔뜩 풀이 죽은 얼굴로 말이 없었다. 나는 연재가 아직 울고 있는 거라고 생각했다. 울보 연재를 어쩌면 좋으냐며 속으로 혀를 끌끌 차면서 말이다.

"으이그, 힘내라, 강연재. 무슨 길이 있겠지."

내가 생각해도 참 한심한 말을 지껄이고 말았다. 땅만 보며 걷던 연재가 불쑥 하늘을 올려다보았다.

"이나야, 저기 반달 있다."

엥? 생뚱맞게 웬 그믐밤에 홍두깨 내미는가 싶으면서도 내 시선은 하늘로 가 있었다. 정말 뜻밖에도 희부윰한 하늘에 반달이 떠 있었다.

희미하게 보일 듯 말 듯.

"이나야, 너 그 변호사한테 전화해 봤어?"

연재의 눈빛이 전투적으로 반짝였다. 일순 심장이 멎는 듯했다. 연재가 무슨 생각을 하는지 알 것 같아서였다.

"아니, 아직."

"야, 너 그러면 어떡해? 빨리 해 봐. 니 말대로 무슨 길이 있을지 아니?"

연재가 발을 통통 굴렀다. 나는 한숨을 쉬고 말았다. 이제 꼼짝없이 열쇤지 자물쇤지 부딪쳐 볼 수밖에 없었다.

11

나를 보다

수호가 답을 해 온 것은 내가 톡을 보낸 지 이틀이나 뒤였다.

> 담 토욜 free? 나 day off야.

동남아 노동자들 틈바구니에서 생활하더니 그새 어려운 영어까지 익혔나 보다. 늦게 답을 한 수호에게 화가 나기는커녕 반가움이 앞섰다. 망설이지 않고 냉큼 전화를 걸었다.

"야, 잘 됐어. 그날 나도 시간 있는데 만날래?"

권용재라는 사람이 만나줄지 안 만나줄지도 모르면서 대뜸 수호에게 꺼낸 말이었다. 대책 없는 내가 한심했지만 밑져야 본전이었다. 그와 통화가 안 되거나 약속을 잡을 수 없다면 수호와 데이트를 하면 그만이었다.

"좋지."

폰 너머에서 헤벌쭉 벌어지는 수호의 입이 보이는 듯했다.

"그럼 우리 곤지암 전철역에서 만나. 시간은 나중에 알려줄게."

"오케이."

전화를 끊고는 가볍게 한숨을 쉬었다. 단둘이 오붓한 데이트를 상상하고 있을 수호를 생각하면 미안한 일이었지만, 이렇게라도 해야 용기를 낼 수 있을 것 같았다. 나는 메모장에 꼭꼭 숨겨둔 전화번호를 열었다. 안으로 자꾸 숨어버리는 용기라는 감정을 꺼내기 위해 심호흡을 했다. 그런 다음 전화번호를 꾹꾹 눌렀다.

"네, 권용재 변호사입니다."

묵직한 그의 목소리를 듣고는 숨이 턱 막혔다. 사무실 전번이 아닌 핸드폰이라 그가 직접 받을 줄 알았으면서 막상 목소리를 들으니 눈앞이 아뜩해졌다.

"여보세요? 권용재 변호사입니다."

내가 말이 없자 그가 다시 말했다. 그의 목소리는 굵고 반듯했다. 주차장에서 이쑤시개를 집어던지며 떠들던 걸걸한 목소리와는 결이 달랐다. 나는 얼른 폰을 잡은 손에 힘을 주었다.

"저어, 드릴 말씀이 있는데요."

"무슨 일이시죠?"

그의 목소리에 기죽지 않으려고 입술을 깨물었다. 폰을 든 손이 눈치 없이 덜덜 떨렸다.

"그린필드 아시죠?"

나는 우선 골프장 이름을 팔았다. 그는 그린필드라는 이름이 낯선 사람처럼 잠시 뜸을 들였다. 변호사라더니 비싼 골프장을 여러 군데 다니는 팔자 좋은 사람인 모양이었다.

"그린필드? 아아. 그린필드 골프장을 말씀하시는 건가요?"

뒤늦게 생각났다는 듯이 그가 되물었다.

"네, 맞아요. 그곳에서 소개받고 전화를 드리는데요. 변호사 상담 좀 하고 싶어서요."

"아, 그렇습니까? 그런 일이라면 사무실로 먼저 연락을 하신 다음 약속을 잡고 오시지요. 제가 좀 바빠서요."

그는 잘 나가는 법조인이라는 걸 드러내려는 것처럼 거들먹거렸다. 내가 중학생이라는 걸 전혀 눈치채지 못한 모양이었다. 그가 전화를 끊을 것 같아 나는 다급하게 말을 이었다. 쇠뿔도 단김에 빼랬다고 다시 전화 걸기가 쉽지 않을 것 같아서였다.

"임막순초계탕 아시죠?"

급한 김에 불쑥 내뱉은 말이었다. 찬 기운이 등골을 훑었다.

"임막순초계탕? 그런데요?"

그의 목소리가 순간 딱딱해졌다. 내가 지레 오해한 것인지도 모르지만 분명 그는 긴장하고 있었다.

"임막순초계탕 집 할머니가 교통사고로 많이 다쳤어요."

단도직입적으로 아빠의 이름을 대는 것보다 할머니 핑계를 대는 게 편했다. 만일 그가 아빠를 알고 있는 사람이라면 이쯤만 해도 알아들을 테니까.

"전화 거시는 분은 누구시죠?"

그제야 어려 보이는 나의 말투를 눈치챈 것처럼 그가 되물었다.

"네, 손녀예요. 할머니가 많이 다쳤어요. 도와주세요."

이미 주사위는 던져졌다. 지금이 아니면 영영 기회가 없을 거라는 절박감이 망설이는 나를 밀어붙였다. 나는 거듭 애원하는 조로 말했다.

"그런데 일이 복잡해졌어요. 자세한 말씀은 나중에 말씀드릴게요."

"제 이름은 어떻게 알고?"

"어떤 분이 알려줬어요."

"흠……."

그는 잠시 생각을 정리하는 사람처럼 말이 없었다. 그러나 그의 망설임은 길지 않았다.

"그럼 일단 오후 세 시경 사무실로 와 줄래요? 사무실 위치는 알아요?"

"네. 인터넷 찾아보면 돼요."

그의 사무실 위치는 이미 인터넷 검색으로 대강 알아두었다. 우리나라에 하나밖에 없는 대법원 앞인 듯했다.

"아, 그러면 되겠군요. 그럼 그날 만나요."

걱정했던 것보다 통화는 쉽게 이루어졌고, 쉽게 끝났다. 그가 망설이지 않고 나를 만나겠다는 사실로 미루어 볼 때 아빠와 그의 사이는 예사롭지 않은 관계일 거라는 짐작을 가능하게 했다. 어쩌면 매우 가까웠던 사이였을 지도 모른다는 확신까지 생겼다.

통화가 끝나고 나는 한참이나 망연히 폰을 들고 있었다. 그와의 통화가 비현실적으로 느껴졌다. 갑자기 내가 한꺼번에 나이를 먹은 어른이 된 것 같았고, 크고 넓은 바다에 혼자 내동댕이쳐진 것 같은 막막함도 들었다.

'아, 어쩌자고.'

두려웠다. 그러나 구체적으로 무엇이 두려운지 알 수 없었다. 가슴이 떨리며 겁이 났다. 갑자기 혼자라는 사실이 무서웠다. 할머니 냄새라도 맡으면 한결 위안이 될 것 같았다. 할머니는 아직 아궁이 앞에서 장작불을 지키고 있을까. 시계를 올려다보니 아직 초저녁이었다.

"어?"

거실로 나오다가 나는 그만 멈칫, 얼어붙고 말았다. 다락방이나 옛날 집에 있어야 할 아빠가 은옥과 함께 거실 소파에 버젓하게 앉아 있었기 때문이다. 탁자 위에는 과일 접시까지 놓여 있었다. 그 모습은 정상적인 부부가 다정하게 저녁 휴식을 즐기고 있는 것처럼 보였다. 아니, 실제로 그들은 오붓하게 휴식을 즐기고 있던 참이었다.

"어머나, 이나! 과일 먹을래?"

은옥이 화들짝 놀라며 뺨을 붉혔다. 둘만의 다정한 시간을 내게 들커서 민망한 건지, 방해를 받아서 화가 난 건지 알 수 없었다. 순간 피가 발끝으로 싹 내려가는 느낌이 들면서 머릿속이 하얗게 비워졌다.

"어디 아파? 얼굴색이 안 좋아."

은옥은 머뭇대는 내게 눈치 없이 물어댔다.

"아프긴 누가 아프다고 그래?"

말투가 곱게 나오지 않았다. 과일 접시고 뭐고 확 집어던지고 싶은 충동이 일었지만 가까스로 참고 있는 중이었다.

"이나, 우리 이쁜 이나. 먹어."

뜻밖에도 아빠가 손짓을 했다. 그의 미소가 천진난만한 어린아이처럼 해맑았다. 그는 포크로 사과 조각 하나를 찍어 내게 내밀었다. 기가 막혔다. 도대체 어떻게 저 상황을 이해할 수 있을까. 얼굴을 찡그리며 아빠를 노려보았다. 바깥 외출을 거의 하지 못한 아빠의 얼굴은 허옇게 떠 보였고, 피둥피둥 살이 찐 볼은 축 처져 보기 싫었다. 그런 내 기분을 아는지 모르는지 그가 포크를 들고 내 쪽으로 다가왔다.

"이쁜 이나, 이거 먹어."

나는 포크를 빼앗아 바닥으로 내동댕이쳤다. 포크와 사과가 제각각 분리되어 바닥에 뒹굴었다.

"이게 뭐하는 짓이여?"

언제 왔는지 할머니가 사나운 눈길로 나를 쏘아보았다.

"아빠한테 뭐하는 짓이여, 시방?"

할머니의 눈이 노여움의 불길로 이글이글 타올랐다.

"아오, 어머니. 아무것도 아니에요."

은옥은 황급히 테이블 밑으로 굴러간 사과 조각을 집어 들며 부산을 떨었다. 모두 다 역겨웠다. 아빠라는 작자도, 천지도 모르고 생글거리는 저 여자도, 아들 일이라면 온몸을 던져 방어하리라는 할머니도. 그들 사이에서 나는 철저하게 이방인이었다. 이곳에 내가 있을 이유가 없었다.

"아이 씨."

현관문을 열고 밖으로 내달았다. 계단을 달려 내려와 자동차 도로를 따라 마구 달렸다. 늦가을 찬바람이 볼을 때렸다. 그러나 춥다고는 느껴지지 않았다. 이따금 자동차들이 헤드라이트 불빛을 휘두르며 거칠게 달려왔지만 나는 개의치 않았다. 자동차에 치여 죽어도 상관이 없었다. 내가 죽는다 해도 슬퍼할 사람은 아무도 없다는 생각에 서러움이 밀려왔다.

얼마나 달렸는지 모르겠다. 숨이 턱에 닿아 더 달릴 수 없는 지경에 이르러서야 내가 주어골 수호네 펜션 앞까지 왔다는 사실을 깨달았다. '하늘빛 펜션'이라는 간판 글자가 눈부시게 선명했다. 수호도 없는데 너무 밝고 환해서 속이 상했다. 수호가 옆에 있다면 무슨 수를 써서라도 나를 웃게 해줄 터였다. 수호라면 이 거지 같은 기분을 단번에 날려버리고 환하게 만들어 줄 터였다. 걷잡을 수 없이 수호가 그리웠다.

'수호한테 가볼까?'

그러나 수호는 지금 너무 멀리 있다. 자동차로는 사십여 분밖에 안 되는 거리겠지만 내게는 자동차가 없다. 월촌에는 이천으로 바로 가는 버스가 없었다. 하루에 서너 번 다니는 시내버스는 겨우 양평읍과 곤지암읍만 오갈 뿐, 이천으로 가는 버스를 타려면 곤지암 버스터미널까지 나가야 했다. 더구나 지금은 버스가 끊긴 밤중이니 그마저도 불가능했다. 그렇다고 이대로 집으로 들어가기는 죽기보다 싫었다. 연재에게 전화를 걸까? 그러나 그 또한 내키지 않았다. 연재는 병원에서 할머니를 지키고 있을 테지만, 무엇보다 징징거리는 연재를 보는 것도 지겨웠다. 오도가도 못하는 답답한 하월, 꽉 막힌 동네. 그 속에 갇힌 나. 아무것도 할 수 없는 내가 끔찍하고 암담했다.

꽤 오랫동안 '하늘빛 펜션'의 불 밝힌 간판을 바라보며 서성였다. 그러다가 할 수 없이 발길을 돌렸다. 드문드문 가로등이 불을 밝히고 있었으나, 돌아오는 길은 어둡고 음산했다. 겉옷조차 걸치지 않은 몸속으로 야속한 한기가 몰려왔다. 월산의 가을밤은 이미 겨울이었다.

'미쳤어, 미쳤어.'

어쩌자고 여기까지 왔는지 한심했다. 딱 죽고 싶었다. 그의 허여멀건 얼굴, 느물거리며 웃는 모습이라니. 구토가 올라왔다. 이어서 겹쳐지는 노기 띤 할머니의 눈. 왈칵 눈물이 솟구쳤다. 서운하고 서러웠다. 나는 아빠와 할머니의 얼굴에 마우스를 갖다 대고 삭제 버튼을 눌렀다. 그러나 그들은 살아나고 또 살아났다. 마치 삭제 버튼이 아닌, 붙여넣기 버튼을 누른 것처럼.

"부아앙!"

문득 귓전을 스치는 굉음에 나는 화들짝 놀라서 길옆으로 비켜났다. 하마터면 계곡 아래로 미끄러질 뻔했다. 요란한 소리와 함께 오토바이 한 대가 빠른 속도로 지나쳤다. 염치도 예의도 없는 오토바이 스피드족들이었다. 고속도로가 생기고부터 자주 벌어지는 현상이었다. 대부분 꼬리에 꼬리를 물고 이어지기 마련인데 오늘은 한 대뿐인 게 조금 이상했다.

"돈 벌면 이나 넌, 뭐 하고 싶어?"

오토바이 족이 부아앙 소리를 지르며 우리 옆을 스치듯 지나가던 하굣길이었다. 수호의 물음에 나는 어느덧 상상의 나래를 펴고 있었다. 돈을 벌면 제일 먼저 도시로 가서 아파트를 살 거야. 거긴 아무도 살지 않는 나만의 아파트야. 크거나 넓지 않아도 상관없어. 아빠는 절대로 들어올 수 없어. 할머니는 멋지게 따돌릴 거야. 흥, 실컷 속상해하라지 뭐. 할머니는 그래도 돼. 충분히 속상해야 돼. 팜 티 응옥을 아빠 방으로 들여보낸 대가는 톡톡히 치러야 할 거야. 나보다 아빠를 더 마음에 둔 대가도 치러야 해.

쌉쌀하고 찝찌름한 나의 상상을 깬 건 한껏 들뜬 수호였다.

"나는 오토바이를 살 거야."

"오토바이?"

"그래서 전국 일주를 할 거야. 이렇게."

수호는 입으로 부아앙 소리를 지르며 오토바이 타는 시늉을 했다.

나는 이내 상상의 나래를 바꿔 달았다. 근사한 오토바이 뒷자리에 앉아서 수호의 허리를 꽉 끌어안고 바람을 가르며 달리는 나와 수호. 그건 꽤 달콤했다. 조금 전에 했던 찌질한 상상과는 달리 신바람이 나서 헤벌쭉 웃음이 나왔다.

"아이참."

나는 얼굴을 찡그렸다. 하필이면 지금 그 장면이 떠오르다니. 저런 허접한 오토바이 족속을 보고는 그런 달콤한 회상을 하는 내가 바보 같았다.

"어우, 재수 없어. 가다가 고꾸라져라."

나는 어둠 속으로 멀어져간 오토바이를 향해 종주먹을 날렸다. 그때였다. 오토바이가 뒷걸음질을 치며 내 쪽으로 슬금슬금 다가오는 것이 아닌가. 나는 놀라서 숨을 멈췄다. 행여 내 말을 알아들은 불량배라면? 오싹 소름이 돋았다.

"이나야! 정이나 맞지?"

익숙하고 반가운 목소리. 거짓말처럼 수호였다. 꿈이라면 결코 깨고 싶지 않은 꿈이었다.

"전수호!"

미처 수호의 이름이 내 입술에서 벗어나기도 전에 또 다른 목소리가 귓전을 때렸다.

"이나야, 여기서 뭐해?"

이번에는 헬멧을 쓴 연재가 눈앞에 떡하니 나타났다. 여기서 뭐 하냐니. 내가 묻고 싶은 말이었다. 도저히 믿기지 않아 나도 모르게 뒷걸음질을 쳤다.

"이나야, 수호 오토바이 샀어. 월급 탔대."

연재의 얼굴은 어둠 속에서 햇살처럼 빛이 났다.

"중고야. 아주 저렴하게 아는 형이 물려줬어."

수호가 멋쩍게 웃으며 오토바이에서 내렸다. 하나밖에 없는 헬멧을 연재에게 주었는지 수호의 머리에는 헬멧이 없었다. 만일 사고라도 나면 다칠 텐데. 그 와중에도 그런 엉뚱한 생각이 들었다.

"이나야, 멋지지 않니?"

연재는 계속 종달새처럼 종알종알 비비쫑배배쫑 지저귀었다.

"이나야, 너도 와. 같이 타자."

연재는 엉덩이를 움직여 앞으로 바짝 다가앉으며 뒤쪽으로 공간을 만들었다. 나는 이 상황을 어떻게 받아들여야 할지 판단이 서지 않았다. 확실한 건 속에서 치받치고 있는 배신감과 분노를 억제할 수 없다는 거였다.

"니들 어떻게 이럴 수 있어?"

슬쩍 연재를 건드렸다고 여겼는데 연재가 어이없게 오토바이에서 떨어지며 엉덩방아를 찧었다.

"아악!"

연재가 비명을 질렀다. 내가 보기에 엄살이 더 큰 것 같았다. 가소로웠다. 수호가 황급히 넘어진 연재를 부축하려고 다가섰다.

"정이나, 미쳤어? 왜 그래?"

수호가 책망하듯 나를 돌아보았다. 놀고 있네. 둘이서 나를 빼놓고 아주 잘 놀고 있었다.

"그래, 나 미쳤다. 이제 알았니?"

나는 수호를 죽일 듯이 노려보았다. 속에서 활활 타오르고 있는 것은, 인정하기 싫지만 질투와 실망이 섞인 혼돈이었다. 수호의 작은 눈은 황당함으로 한껏 커졌다. 그사이 연재가 엉덩이를 털며 일어났다.

"정이나, 정신 차려. 또 시작이니? 내가 너 이러는데 미치겠다."

"연재야, 괜찮아?"

수호가 연재에게 다가가려 하자, 나는 미친 듯이 악을 썼다.

"움직이지 마. 움직이면 다 죽여버릴 거야."

머릿속이 빙글빙글 돌았다. 전수호, 강연재, 정상대라는 인간, 팜티 응옥, 할머니…… . 누가 누구인지 구별도 안 된 채 마구 뒤엉켜 눈앞에서 빙글빙글 돌았다.

"알았어, 알았다고."

연재는 천연덕스럽게 두 손을 내저었다. 나를 진정시키려는 몸짓 같았으나 아무렇지 않은 연재가 나는 더 얄미웠다.

"오토바이 산 거 토요일 날 만나 말하려고 그랬어. 그런데 오늘 연재가 전화를 했지 뭐야? 오해하지 마."

수호가 변명하듯 더듬거렸다.

"내가 시승시켜 달라고 졸랐어."

둘이서 주거나 받거니 아주 죽이 척척 맞았다. 연재가 오토바이 뒷좌석에 냉큼 올라타고는 풀어진 헬멧을 고쳐 썼다.

"아참, 이나야. 우리 할머니 오늘 퇴원했어. 수호가 병원비 내줘서 다행이야. 물론 돈 벌어서 다 갚을 거야."

연재가 종알종알 경과보고를 하듯 떠들었다.

"그럼 우리 먼저 간다. 토요일, 연재하고 같이 가도 되지?"

수호는 오빠처럼 내 어깨를 툭툭 치더니 오토바이에 올랐다. 오토바이가 부르릉 소리를 내더니 부아앙, 요란한 소리를 내질렀다. 메케한 매연을 뿜으며 오토바이는 곧 어둠 속으로 사라졌다. 그들이 떠난 뒤에도 나는 한동안 그 자리에 붙박인 듯 서 있었다. 강연재와 전수호. 전수호와 강연재. 한 세트는 나와 수호가 아닌, 나와 강연재가 아닌, 그들이었다. 순간 거짓말처럼 뒤죽박죽 엉켜있던 머릿속이 서서히 제 자리를 찾으며 선명하게 그날의 장면이 떠올랐다.

그날 나와 연재는 일명 깨달음의 시간을 보내고 있었다. 햇볕이 쨍쨍 내리쬐는 개울가에 다른 아이들은 물속에 들어가 빨래를 한답시고 신나게 물놀이를 하고 있는데, 연재와 나는 나무 그늘 아래 꼼짝도 못하고 서서 무언가를 깨달아야 했다.

교육대학을 갓 졸업한 예쁘고 상냥한 선생님은 말했다.

"자신을 뒤돌아보는 시간을 가지도록 해요. 나는 왜 미리미리 준비물을 챙기지 않았을까 생각해 봐요. 그리고 뭔가 떠오르는 게 있으면 선생님한테 와서 얘기해요."

그러나 연재와 나는 약속이나 한 듯, 선생님에게 가지 않았다. 서로 말은 하지 않았지만 속에는 일종의 오기 같은 게 자리 잡고 있었다. 그런데 그 약속을 깨게 만든 사람은 엉뚱하게 아빠였다. 아빠가 겸연쩍은 표정으로 내게 보조 가방을 내밀었다.

"이쁜 이나, 아빠 왔어."

기가 막혔다. 동물원 원숭이를 보는 듯한 아이들의 묘한 시선, 차마 드러내놓고 말은 못 하고, 보이지 않게 나와 아빠를 비웃고 있었다. 나는 아빠가 보는 앞에서 보란 듯이 보조 가방을 내던지고 싶었다. 그러나 나는 그렇게 하지 못했다. 떨리는 손으로 가방 속에서 하늘빛 펜션 로고가 박힌 수건과 누런 빨랫비누 한 장을 꺼냈을뿐이었다. 하늘빛 펜션 로고가 박힌 수건은 수년 전 수호네 펜션이 오픈 기념으로 마을에 돌린 기념품이었다. 연재는 그날 수업 시간 내내 꼼짝도 하지 않고 나무 그늘 밑에 서서 자신을 벌주고 있었다. 나는 수건을 빨면서 연재 쪽으로 눈길을 돌리지 못했다. 연재에게 미안하고 면목이 없어서였다.

그런데 그날의 일을 수호로 착각하고 있는 나를 어떻게 받아들여야 할까. 만일 수호가 수건을 갖다 주었다면 그건 내가 아니라 연재가 맞을 것이다. 수호의 오토바이 꽁무니에 달린 게 내가 아닌 연재였듯이. 인정하기는 싫지만, 연재 말은 옳았다. 나는 수호를 아빠의 자리에 갖다 붙여놓기를 해놓았을 뿐이다. 언젠가 수호가 내 편을 들어준 그 순간부터.

얼굴이 화끈거렸다. 죽고 싶을 정도로 창피했다. 앞으로 연재 얼굴을 다시는 못 볼 것 같았다. 할 수만 있다면 이대로 땅으로 꺼져버리고 싶었다. 흔적도 없이 연기처럼 사라지고 싶었다. 그러나……, 며칠 뒤 연기처럼 사라진 사람은 내가 아니라 아이러니하게도 아빠였다.

12

아빠의 촛불

분명 엄마였다. 느낌으로 알 수 있었다. 긴 생머리를 한 엄마는 젊고 아름다웠다. 엄마는 손뼉을 치며 과장되게 웃고 있었다. 훤하게 드러나는 목젖이 시원해 보였고, 하얀 이가 가지런하고 정갈했다.

"헛둘, 헛둘."

엄마의 손짓에 따라 나는 뒤뚱거리면서도 발끝에 힘을 모았다. 넘어지지 않으려고 온 힘을 다해 한 발 한 발 내디뎠다.

"옳지, 옳지. 잘한다."

엄마는 내가 발걸음을 뗄 때마다 손뼉을 짝짝 쳤다.

"우리 이나. 헛둘, 헛둘."

그러나 내가 조금씩 다가가면 엄마는 엉덩이 걸음으로 슬쩍슬쩍 뒤로 물러났다. 어린 마음에도 엄마가 참 야속했다. 그래서 바닥에 털썩 주저앉으며 보란 듯이 '으앙.' 울음을 터뜨렸다. 그 순간 엄마가 연기처럼 감쪽같이 사라졌다.

'어...엄마?'

번쩍 눈이 떠졌다. 꿈이었다. 처음 꾸는 꿈이었다. 이것도 내 머릿속에서 만들어진 기억일까. 그날의 수건 사건처럼. 겨우 첫돌이나 지났을까 말까 한 아기가 그런 기억을 할 리가 만무하다. 하지만 꿈이 현실처럼 너무나 생생하다.

젖먹던 힘을 다해서인지 온몸이 땀으로 축축했다. 엄마 꿈을 꾸는 날은 왠지 두드려 맞은 것처럼 몸이 아프다. 늘 그랬다. 그래서 엄마 꿈은 매번 뒤끝이 아렸다. 엄마는 꿈속에서처럼 그렇게 어느 날 갑자기 홀연히 사라졌다. 대신 그 자리에 은옥이 나타났다. 물론 물리적인 시차로는 꽤 긴 세월이겠으나, 내 기억 속에서 엄마와 은옥의 자리는 그렇게 교체되었다. 은옥은 엄마와 달랐다. 결코 나를 오래 기다리게 두지 않았다. 내가 얼굴만 찡그려도 기다렸다는 듯이 즉각 나타났다. 나를 어루만지는 손길은 따스했고 부드러웠다.

문득 방안이 훤해졌다. 어느새 새벽인가 싶어 창 쪽으로 눈길이 갔다. 서쪽 창문이 흐린 물감을 풀어놓은 듯 붉게 번지며 메케한 냄새가 창문 틈으로 스며들었다. 순간 불길한 예감이 온몸을 휘감았다. 빠른 걸음으로 다가가 커튼을 확 걷었다. 밤하늘 가득 뭉게뭉게 퍼지는 검은 구름……. 그게 곧 연기라는 걸 깨닫는 데는 불과 몇 초도 걸리지 않았다.

'아!'

뒤통수를 세게 얻어맞은 것처럼 멍해졌다. 다리에 힘이 쭉 풀렸다. 치솟는 검은 연기 속으로 빨간 불길이 빠르게 번져갔다.

"부...불이다."

입속으로 부르짖었다. 바깥으로 뛰어나가려고 했으나 어찌 된 일인지 손은 커튼 자락에서 떨어지지 않았고, 다리는 마비된 것처럼 얼어붙어버렸다. 새벽바람을 탄 불길은 뱀의 혓바닥처럼 날름거리며 임막순 초계탕의 기울어진 간판을 집어삼킬 듯이 빠르게 핥아댔다.

"불이야!"

누군가의 외침이 들리는가 싶더니 아래층에서 시끌벅적한 소리가 났다. 창밖으로 구르듯이 달려 나오는 할머니가 보였다. 이어서 은옥의 작은 몸이 잘 여문 도토리처럼 데굴데굴 구르며 달려 나왔다. 마치 무대 뒤에서 대기하고 있던 배우가 차례대로 출연하는 것 같았다. 긴박하고 짜릿한 연극의 한 장면 같아 나는 숨을 죽였다. 눈앞에서 펼쳐지고 있는 장면들은 비현실적으로 그렇게 느릿느릿 한 장 한 장 펼쳐졌다.

얼마쯤 지났을까. 꽤 오랜 시간 같았으나, 실제로는 찰나였는지 모른다. 마침내 불길에 휩싸인 간판이 후르르 바닥으로 떨어졌다. 캄캄했던 무대 위가 환하게 밝아지며, 동시에 내 머릿속도 환해졌다. 나는 떨리는 손으로 폰을 들어 119 버튼을 눌렀다. 그 후 무슨 말을 어떻게 했는지 전혀 기억에 없다. 어쨌든 나는 119에 신고를 했고, 아래층으로 나는 듯이 달려 내려왔다. 뒤란으로 가서 호스가 달린 수도꼭지를 있는 대로 틀었다. 호스를 통해 쏟아져 나온 물은 제멋대로 뻗대며 허공을 향해 솟구쳤다. 날뛰는 호스 끝을 잡고 정신없이 달려갔다.

"아이고, 이나야. 할머니를 좀 잡아. 큰일 나겠어."

은옥은 불길 속으로 들어가려는 할머니를 감당하지 못해 버둥거렸다. 그러면서도 그녀는 끈질기게 할머니의 허리를 잡고 늘어졌다.

"아이고, 안 되어, 안 되어."

할머니는 두 팔을 허우적거리며 울부짖었다. 할머니나 은옥이나 속옷 차림에 맨발이었다. 나는 들고 있던 호스를 내던지고 할머니를 붙잡았다. 어디서 그런 힘이 솟아나는지 할머니는 둘이서 감당하기 어려울 정도였다. 어수선한 가운데 마침내 소방차가 허둥지둥 도착했다. 소방대원들은 불길 앞에서 아우성치는 우리를 우악스럽게 뒤로 밀었다.

"상대야, 상대야아~."

할머니는 힘센 구급대원의 팔에 잡혀 바닥에 주저앉았다.

"이나야, 이 일을 어쩐다? 이 일을."

나는 작고 메마른 할머니를 끌어안았다. 할머니는 내 품에서 어린 산짐승처럼 떨었다. 한겨울에 벌거벗고 나앉은 사람처럼 내 이빨도 딱딱 부딪쳤다. 들것을 들고나오는 소방대원들 앞으로 구급대원들이 우르르 달려들었다. 그들은 아빠의 가슴 위에 손을 얹고 심폐소생술을 실시하느라 부산을 떨었다.

"상대야. 이러면 안 되어."

사나운 짐승처럼 울부짖던 할머니의 몸이 맥없이 미끄러졌다.

"할머니!"

할머니는 아빠와 함께 나란히 들것에 실려 구급차 안으로 들어갔고, 은옥과 내가 보호자 자격으로 따라 들어갔다. 구급대원들은 아빠와 할머니에게 산소마스크를 씌웠다. 아빠는 마치 잠이 든 사람처럼 조용했다. 화상 흔적도 없었고 입은 옷도 멀쩡했다. 오히려 곧 숨이 넘어갈 것처럼 헐떡이는 사람은 할머니였다.

"아이고, 어떻게요?"

산소마스크를 본 은옥이 외마디 소리를 질렀다.

"너무 걱정하지 마세요."

구급대원이 띠띠 소리를 내는 기계장치를 작동시키며 은옥과 나를 안정시켰다. 그러나 나는 그들의 표정에서 심상치 않음을 예감했다. 옛날 집은 말하자면 샌드위치 판넬로 만든 가건물이었다. 불붙은 샌드위치 판넬이 내뿜는 유독가스가 치명적이라는 사실을 실업 시간에 배운 적이 있었다. 나는 거친 숨을 내뿜는 할머니의 손을 잡았다. 마른 삭정이 같은 손이었다. 나무껍질처럼 거친 손이었다.

이 사건은 이미 예견된 일이나 다름없었다. 아빠가 낡은 집에 향연을 베풀 듯 촛불을 밝힐 때부터 어쩌면 나는 막연히 이런 일을 바라고 있었는지 모른다. 나는 내가 끔찍해서 도리질을 쳤다. 아니야, 아니다. 엄마 꿈을 꾸었을 때처럼 모든 게 꿈이라면. 이 끔찍한 사고가 일어나기 이전으로 돌아갈 수만 있다면. 아무리 미운 아빠지만 이런 끔찍한 사고로 잃고 싶지는 않았다.

'할머니, 잘못했어. 잘못했어. 내가 잘못했어.'

주체할 수 없을 정도로 눈물이 흘렀다.

아빠는 불교신자도, 기독교인도 아니었다. 그랬음에도 아빠는 사월초파일이면 크고 화려한 연등에 이름이 달렸고, 죽어서는 하나님 앞으로 가게 해달라며 기도하는 사람들로 둘러싸였다. 교회에 다니는 세월리 고모 덕에 아빠는 황당하게 기독교식 장례를 치르게 된 것이다.

할머니는 그날 이후로 깊은 잠에서 깨어나지 못했다. 불행하게도 할머니는 하나뿐인 아들의 장례식조차 지켜볼 수 없었다.

고모는 상복을 입고 서성이는 은옥을 흘겨보았다.

"너 뭐 하는 거야?"

"무슨 말씀이세요?"

"니가 자격이 있다고 생각해? 당장 그거 못 벗어?"

은옥의 커다란 눈에 대뜸 눈물이 고였다. 나는 쩔쩔매는 은옥의 팔을 잡아끌어 영안실, 내 옆자리에 앉혔다. 나를 보는 고모의 눈길이 사나워졌다.

"이나, 괜찮아."

은옥이 고모의 시선을 이기지 못하고, 상주 대기실로 들어갔다.

"고모가 상관할 일이 아니잖아."

"뭐?"

고모는 기가 막힌 지 입을 딱 벌렸다.

"참나, 너 그럼 저 여자를 새엄마로 인정한다는 거야?"

나는 고모 말을 무시했다. 단 한 번도 은옥을 새엄마로 인정한 적은 없다. 다만 혼자 있는 것보다 둘이 있는 게 나았고, 무엇보다 은옥이 아빠의 상주 역할을 하기에 충분한 자격이 있다고 생각했을뿐이다.

며칠 후 며칠 후 요단강 건너가 만나리
며칠 후 며칠 후 요단강 건너가 만나리

고모가 다니는 교회 사람들은 밤낮으로 장례식장으로 몰려와 찬송가를 불렀다. 그들의 찬송 소리는 씩씩하고 힘이 넘쳤다. 나이가 지긋한 목사는 아빠의 시신을 닦아 염을 했고, 하나님이 계신 천국으로 인도해달라며 애절한 목소리로 기도를 했다. 나는 그저 넋을 잃고 그들 무리 속에 끼어 그들이 눈을 감으면 감고, 그들이 찬송을 부르면 들었다. 고모는 눈물 콧물 쏟으며 찬송가를 불렀고, 두 손을 모으고 '아멘 아멘'을 연거푸 외쳤다. 떠들썩하게 먹고 웃던 교회 사람들이 썰물처럼 빠져나가자, 갑자기 장례식장은 쓸쓸하기 짝이 없어졌다.

영정 사진 속 아빠는 스무 살 앳된 청년이다. 아마 대학생 시절 어느 날이었으리라. 젊은 청년의 얼굴에는 자신감이 넘쳐 보였다. 푸릇

한 희망과 핑크빛 설렘을 담은 미소는 앳된 얼굴을 더욱 빛이 나게 했다. 나는 영정 사진 앞에 켜진 두 개의 촛불을 지그시 바라보았다. 굵은 촛대에 밝혀진 불꽃은 아빠의 촛불과는 달리 힘이 있어 보였다. 아빠의 촛불. 그랬다. 그건 분명 아빠만의 촛불이었다. 그게 무엇을 의미하는지 알 길은 없지만.

나는 아빠의 촛불을 창문 너머로 딱 한 번 들여다본 적이 있었다. 저녁 식사를 하지 않은 채 옛집으로 가버린 아빠를 불러오라는 할머니의 명령 때문이었다. 그날따라 장을 보러 간 은옥은 늦게까지 돌아오지 않았다. 내키지 않은 발길로 옛집으로 건너간 나는 곧바로 안으로 들어가지 않고 건물을 돌아 아빠가 쓰던 방 쪽으로 다가갔다. 커튼이 제거된 창문은 내가 발돋움을 하지 않아도 안을 엿볼 수 있는 높이였다.

어린 내 기억 속에 자리 잡은 아빠의 방에는 낡은 책으로 빽빽했다. 바닥에서부터 천정까지 쌓아 올린 책더미, 키 높이가 제각각인 책꽂이들 속에 아무렇게나 꽂힌 두툼한 책들, 그 한가운데 앉은뱅이책상, 책상 위에 놓은 나무 재질의 동그란 연필꽂이. 연필꽂이 속에 빽빽하게 들어 있는 볼펜과 연필 나부랭이들. 할머니는 아빠가 학창 시절에 사용했던 것들을 고스란히 보관하고 있었다. 손때 묻은 물건들을 보면서 아빠의 정신이 온전해지기를 바라는 마음에서였을 테지만, 누가 봐도 그건 미친 짓이었고, 집착이었다. 그러던 할머니는 무슨 생각에선지 새집으로 이사하면서 그 낡고 고리타분한 물건들을 죄다 불

태워버렸다.

창문을 통해 제일 먼저 눈에 들어온 것은 식당용 테이블 위에서 일렁이는 두 개의 촛불이었다. 아빠는 텅 빈 방 안에 양반다리를 하고 앉아 망연히 일렁이는 촛불을 바라보고 있었다. 얼핏 보기에는 마치 불꽃을 세밀하게 관찰하는 호기심 많은 아이처럼 보였지만, 한참 보고 있노라니 왠지 묘한 감정이 일었다. 슬픔이 깊어지면 저런 표정일까. 처음으로 아빠에 대한 연민 같은 것이 생겼다. 그러나 그런 감정은 잠깐이었다.

'쳇, 뭐 하는 거야?'

곧 삐죽이 고개를 드는 반감으로 나는 몸을 돌려 그대로 돌아오고 말았다. 할머니에게는 아빠에게 잘 전했다며 거짓말을 했다.

그때 아빠는 과거 어디쯤 머물러 있었을까. 무엇이 그를 그토록 힘들게 했을까. 무엇이 그를 옥죄고 놓지 않았을까. 궁금해졌다. 왜 나는 지금까지 아빠를 제대로 알려고 하지 않았을까. 돌이켜보면 아빠와 제대로 된 대화를 나눠 본 기억이 거의 없다. 아빠와 눈이라도 마주칠 양이면 나는 무엇에 놀란 사람처럼 얼른 눈길을 피했고, 아빠와 마주치지 않기 위해 가능하면 애를 썼다. 그 기억이 슬프고 아팠다. 문득 권용재라는 사람이 쥐고 있는 것이 열쇠라는 확신이 들었다. 그가 가지고 있는 열쇠가 아빠와 나를 온전한 부녀지간으로 돌려놓을 것이라는 막연한 예감도 생겼다. 나는 입술을 깨물었다.

아빠의 시신은 한 줌 재가 되어 양평에 있는 납골당에 모셔졌다. 경

황 중에도 발 빠르게 고모가 앞장선 덕이었다. 아빠의 납골을 담은 항아리 앞에는 몇 안 되는 아빠의 젊은 시절의 사진들이 아기자기하게 장식되었다. 고모가 낡은 앨범을 뒤져 급하게 만든 것이었다.

"에그, 바보천치."

고모가 혀를 끌끌 차며 한숨을 쉬었다.

"그래, 이 난리를 치며 떠나니 좋수?"

고모가 손바닥으로 흐르는 눈물을 닦으며 코를 훌쩍였다. 고모에게 아빠에 대한 애정이 있기나 한 걸까 싶어 문득 고모가 가증스럽게 보였다. 내내 눈물 바람을 하던 은옥이 작은 촛대에 촛불을 당기며 또 흐느껴 울었다. 나는 일렁이는 촛불에 눈길을 두었다. 사람들은 왜 죽은 사람 앞에 촛불을 켜 두는 걸까. 혼령을 부르기 위해서일까. 만일 아빠의 혼령이 여기 있다면 제발 온전해진 혼령이기를 바랐다. 정신이 온전해진 아빠는 내게 무슨 말을 할까? 이나야, 미안해. 이나야, 사랑해. 둘 중 어느 게 먼저일까. 눈시울이 후끈 더워져 어금니를 꽉 깨물었다.

"독한 년."

고모가 나를 흘겨보며 나지막하게 중얼거렸다.

"지 에미를 닮아서."

이어지는 말은 안 들었으면 좋았을 뻔했다. 나는 눈알이 빨개지도록 고모를 노려보았다. 고모가 뾰족한 나의 눈길을 피하며 황급히 등을 돌렸다.

"가자. 다 끝났어."

속이 시원하다는 말투였다. 뭐가 끝났다는 말인지 알 수 없었다. 마음 같아서는 고모의 입술을 비벼버리고 싶은 충동이 왈칵 일었다. 은옥이 눈치를 보며 살며시 내 손을 그러쥐었다. 은옥의 손은 차갑고 축축했다. 고모에 대한 불쾌한 감정이 남아있던 탓에 나도 모르게 아귀에 힘이 들어갔다. 내 손에 힘이 과했던지 은옥이 흠칫 놀라는 눈치더니, 이내 눈가에 주름을 잡으며 배시시 웃었다.

13

냉혹한 현실

　할머니 침대는 6인실 볕이 잘 드는 창가에 있었다. 얼마 전까지 연재 할머니가 입원해 있던 병원이었다. 월촌 병원은 통합간병시스템을 실시하고 있어서 아빠의 장례식을 치르는 동안, 우리는 그나마 마음을 놓을 수 있었다. 우리는 장례식을 마치자마자 부랴부랴 달려왔다. 마침 어젯밤 늦게 할머니의 의식이 돌아왔다는 반가운 전화를 받은 참이었다.

　"엄마!"

　고모가 울먹이며 먼저 달려갔고, 은옥이 할머니의 손을 잡았다. 환자복을 입은 할머니는 더욱 작고 초라했다. 더구나 코에는 줄이 끼워져 있어서 보기에도 답답하고 불편해 보였다. 그 줄을 통해 영양식이 공급된다고 했다.

"할머니……."

가슴이 먹먹해지며 시야가 흐려졌다. 나는 할머니의 작고 메마른 가슴을 손바닥으로 쓸었다. 앙상한 갈비뼈가 손끝에 잡혔다. 할머니는 할머니가 그토록 오랜 세월을 가마솥에 쪄낸, 영락없는 폐계의 모습이었다. 그예 참았던 눈물이 후두둑 떨어졌다.

"엄마, 좀 어때요?"

고모가 할머니의 손을 만지작거리며 다정하게 말을 걸었다. 그러자 뜻밖에도 할머니가 펄쩍 뛰면서 고모의 손길을 휙 뿌리쳤다. 낯선 사람을 경계하는 듯, 두려움이 서린 시선이었다.

"왜 그래, 엄마? 나야, 나. 상순이."

당황한 고모가 재차 말했지만, 할머니는 링거가 달린 팔로 완강하게 고모를 밀어냈다.

"어머니, 이나 왔어요, 이나."

은옥이 주춤거리는 나를 얼른 앞으로 밀었다. 그러나 나를 대하는 할머니의 태도 또한 이상했다. 생전 처음 본다는 듯이 멀뚱멀뚱하게 쳐다보더니, 급기야 커다랗게 괴성을 질러댔다.

"아이고, 우리 엄마 어떡해?"

고모가 와락 울음을 터뜨렸다. 은옥도 입을 가리며 울음을 참았다. 나도 퍼뜩 짚이는 게 있었다. 억장이 무너지는 듯 눈앞이 캄캄해졌다. 나는 할머니를 마구 흔들었다.

"할머니, 나 이나잖아. 왜 그래 응?"

그러나 할머니는 왁살스럽게 나를 밀쳐내며 소리를 질렀다.

"저리 가, 이년, 저리 가. 어디서 행패여, 시방?"

깡마른 체구에서 솟아나는 힘이 항우장사였다. 나는 할머니의 힘에 못 이겨 하마터면 뒤로 넘어질 뻔했다. 병실 안이 소란스러워지자 간호사가 들어왔다.

"모두 밖으로 나가 주세요."

간호사는 우리를 밀어내고 할머니의 팔에 달린 링거에 주사액을 주입했다.

설상가상, 전호후랑이라고 했던가. 나쁜 일은 한꺼번에 밀어닥치는 이치는 예나 지금이나 변하지 않는가 보다. 사고의 충격으로 할머니에게 치매증세가 나타났다. 담당 의사는 할머니의 치매는 오래전부터 조금씩 진행된 거라면서 진작 검사를 하지 않고 왜 그대로 방치를 했느냐며 고모를 책망했다. 할머니는 병원의 권유로 가까운 요양원으로 이송되었다. 그뿐만이 아니라 옛집의 주인이 피해보상을 요구하기까지 했다. 입주자가 없어 비워 둔 곳이지만 엄연히 멀쩡하던 건물이 화재로 소실되었으니 보상은 당연한 일이었다. 하지만 쓰린 상처를 후벼 파는 듯한 야박한 인정머리에 섭섭했다.

다행히 이 모든 일은 고모가 나서서 처리했다. 아빠의 사망신고, 할머니의 요양원 입소 서류와 병원비, 피해보상처리 등. 고모는 이 고생을 누가 알아주냐며 푸념하듯 주르르 읊조렸다. 그런 다음 평생을 사람 구실 못하고 할머니 속만 썩이다 간 아빠를 원망했다.

나는 장례식이 끝나고 학교에 가지 않았다. 학교에 다닌다는 게 무의미한 일 같았고, 친구들을 만나 멀쩡한 얼굴로 웃고 떠들 수가 없었다. 내가 뻔뻔해질까 봐 겁이 났다. 아무것도 하기 싫었다. 무기력해졌다. 나는 할머니가 겨울잠을 자듯이 자고 또 잤다. 그래도 잠이 쏟아졌다. 세수도 하지 않고 밥도 먹지 않았다.

"이나, 죽이야, 잣죽. 조금 먹어 봐."

그 사이 은옥도 반쪽이 되었다. 나는 은옥이 디미는 밥상을 물렸다.

"어쩌려고 그래? 산 사람은 살아야지. 앞길이 구만리장천인데."

은옥이 할머니처럼 말했다. 대답하지 않았다. 내가 꿈꾼 세상은 이게 아니었다. 혼자이길 간절히 원했지만 이런 그림은 아니었다. 도대체 운명은 왜 내게 이렇게 가혹한 장난을 치는가. 이제 겨우 열여섯인데 은옥 말마따나 앞길이 구만리장천인데, 왜 인생의 쓴맛이란 쓴맛은 내게 다 맛보여주는지 누군가에게 따지고 싶었다. 고모가 믿었던 하나님이라면 가르쳐줄까. 할머니가 믿었던 부처님이라면 알려줄까. 다 필요 없는 헛된 짓 같았다. 이대로 할 수만 있다면 잠에서 깨어나고 싶지 않았다. 이대로 땅속으로 푹 꺼져버리고 싶었다.

그렇게 한 이틀쯤 지난 오후였다. 문이 열리며 은옥이 고개를 디밀었다.

"이나, 누가 왔는지 봐."

은옥의 목소리에 모처럼 생기가 느껴졌다. 그러나 나는 눈을 뜨지 않았다.

"이나야, 우리 왔어."

연재의 통통거리는 소리가 건너왔다. 반사적으로 눈이 떠졌다. 서쪽 창을 통해 오후의 햇살이 노랗게 밀려 들어왔다. 나는 부신 눈을 찡그렸다. 연재가 장례식에 왔던가 싶었다. 학교 친구들이 무더기로 다녀갔으니 그 속에 연재도 끼어 있었을 테지만 기억에 없다. 모든 게 꿈속처럼 몽롱하고 어질어질했으니 기억이 온전할 리가 없다. 뜻밖에 연재 옆에 멋쩍은 표정으로 수호가 서 있었다. 한 오토바이를 타고 룰루랄라 거리던 연재와 수호의 모습이 아득히 먼 옛일처럼 느껴졌다.

"이나야, 일어나 봐. 빵 사 왔어."

고소하고 달콤한 빵 냄새가 콧속으로 훅 밀려들었다. 염치없이 늘어져 있던 세포들이 꼿꼿하게 곤두서며 비어 있는 속이 요동을 쳤다. 침이 고였다.

"이나 한 끼도 안 먹었어. 니들이 좀 먹여 봐."

은옥이 눈짓을 하고는 방을 나갔다.

"정말이야?"

연재 눈에 금세 물기가 어렸다.

"야, 먹어야 할 거 아니야. 너 죽을래?"

연재가 울퉁불퉁한 모양의 빵을 집어서 내게 내밀며 윽박질렀다. 하지만 이미 눈물샘은 터져버린 뒤였다. 순간 마음의 벽이 와르르 무너지는 소리가 들렸다. 희한했다. 시시때때로 고장 난 수도꼭지처럼 흘러나오는 연재의 눈물은 귀찮고 성가셨지만, 앵돌아진 내 마음을 녹이는 마법의 눈물임엔 틀림없었다. 나도 모르게 슬그머니 손을 뻗어 빵을 받았다. 빵은 보기보다 바삭하고 고소했다. 팥소가 빵빵하게 들어가서 그런지 달콤한 맛이 오래도록 입안에 남았다.

"어때? 맛있지? 이거 수호가 사 온 거야."

입안에서 살살 녹아내리는 고소한 맛은 늘어진 뇌세포를 단숨에 활성화시켜 버렸다. 연재와 수호가 빵 하나씩을 들고 먹기 시작했다.

"우아, 맛있네. 이거 어디서 샀어?"

"우리 공장 앞에 있는 빵집인데, 그 파티셰가 프랑스에서 배웠다나, 이게 튀김 소보로라는 건데 못생겼지만 맛이 기가 막혀. 엄청 잘돼. 사람들이 빵 사려고 줄을 섰어. 나도 두 시간 기다려 샀다니까."

"진짜?"

연재가 놀란 표정을 지었다.

"에이, 뻥 치지 마."

설마 빵을 사려고 두 시간씩이나 기다릴까. 나는 얼른 수호의 뻥에 딴지를 걸었다. 수호는 뻥쟁이, 오지라퍼라서 얼토당토않게 뻥을 잘 쳤지만, 연재는 수호의 뻥에 깜빡 잘도 속아 넘어갔다. 나는 홀딱 빠지는 연재가 안타까워 언제나 그게 아니라며 반박을 하곤 했다. 그러고 보니 수호와 연재는 잘 어울리는 한 쌍이었다. 매번 따따부따 따지며 시시비비를 가리려 드는 나는 그들 사이에 감초였을 뿐. 입맛이 쓸법도 한데, 오늘은 전혀 그런 기분이 들지 않았다.

"진짜라니까. 나도 빵 만드는 거 배울까 생각 중이야."

"어어, 정말? 나도 그거나 배울까?"

연재가 반짝 호기심을 드러냈다.

"야야, 뻥에 넘어가지 마. 요즘 빵집이 어디 한두 군데니? 다들 파리 날린다던데."

나는 어느새 연재와 수호의 대화에 끼어들고 말았다. 연재가 선뜻 내 의견에 동의를 표했다.

"그래, 세상이 어디 그렇게 호락호락하겠니? 현실은 냉혹한 거야."

"그렇게 생각하면 아무것도 못 해. 도전, 몰라? 도전하는 자만이 쟁취하는 거야. 나는 요즘 그걸 느껴. 거기 빵집 형도 맨손으로 프랑스로 공부하러 갔대. 빵집에서 알바하며 배웠다고 하더라."

"너는 미각이 좀 둔하잖아. 파티셰나 요리사가 되려면 누구보다 미각이 발달해야 할걸."

미각에 대해서는 할머니를 따라올 사람이 없었다. 예리한 미각은 타고나는 거라고 했다. 할머니는 늙은 닭을 쓴다는 걸 고객들에게 철저하게 비밀로 했다. 가장 가까운 고모에게도 알리지 않았다. 정말 할머니의 비법은 그게 다였을까. 퍼뜩 의문이 들었다. 할머니에게는 오랜 단골손님도 많다. 그들이 과연 늙은 닭의 질긴 식감과 담백하고 쫄깃한 살코기의 식감을 구분하지 못했을까. 소비자의 입맛은 까다롭다. 언젠가 할머니에게 들었던 말이었다. 할머니는 누구보다 고객의 까다로운 입맛을 잘 알고 있었다. 뭔가 다른 비법이 있을 것 같았다.

아니 그렇게 믿고 싶었다.

"이나 말이 맞아. 그럼 나는 뭘 해야 하지?"

돈을 모아 사업을 한다던 수호가 심각한 얼굴을 했다. 이제야 진로에 대해 고민이 되는가 보다. 그동안 철들었다. 전수호. 나는 슬며시 웃음을 깨물었다.

"수호야, 너네 공장에 나도 취업하면 안 될까? 포장일이라면 너보다 내가 더 꼼꼼하게 잘할 텐데."

연재가 취업 타령을 했다.

"웃기지 마. 그거 보기보다 어려워."

수호가 안 될 말이라며 고개를 저었다.

"나 아무래도 취업을 해야 할 것 같아. 할머니가 일을 못 하시니."

연재가 우울하게 덧붙였다. 그동안 고민이 많았으리라.

"야야, 우리 모두 힘내자. 하늘이 무너져도 솟아날 구멍이 있다잖아."

수호가 두 주먹을 불끈 쥐며 외쳤다. 수호다웠다.

"흥, 그건 초딩 때나 먹히지. 이젠 안 먹혀."

연재가 입을 삐쭉 내밀었다.

"흐흐, 그래도 어쩐지 조금은 기분이 좋아지네."

내 말에 수호가 벌쭉 웃었다. 이래서 우리는 싸웠다가 돌아서고, 토라졌다가 웃는다. 어느덧 우리는 수호가 사 온 **빵**을 게눈 감추듯 다 먹어치웠다. 빵은 정말 맛있었다.

연재와 수호가 돌아간 후, 나는 한결 기분이 좋아졌다.

다음 날 아침은 일찍 눈이 떠졌다. 모처럼 잠도 잘 잤다. 축 처진 파김치 같았던 몸이 감귤처럼 탱탱해졌다. 요양원에 급하게 모신 할머니가 궁금했다. 간밤에 잠은 잘 주무셨는지, 식사는 잘 하시는지 걱정이 되었다. 할머니는 다행히 퇴원을 하면서 답답한 콧줄은 제거했다. 치매 외에는 특별한 병명이 없다는 게 의사의 진단이었다.

아침 식사를 막 시작하려는데 고모가 급하게 들어왔다.

"고모!"

마침 은옥과 단둘이 먹는 아침 식사가 허전하던 참이어서 은근히 반가웠다. 그러나 어쩐지 고모의 표정이 심상찮았다. 고모는 웬 서류 봉투를 식탁 위에 거칠게 내려놓으며 몸서리를 쳤다.

"어우, 내가 미쳐, 내가."

"왜 그래요, 고모?"

고모 몫으로 밥과 수저를 챙기던 은옥이 물었다.

"넌 알 것 없고. 도대체 이게 말이 돼?"

나를 향한 고모의 눈길이 싸늘했다. 나는 영문을 몰라 고모를 올려다보았다.

"땅이며 건물이며 모두야, 모두. 참 나 기가 막혀서."

고모의 얼굴에 가볍게 경련이 일었다. 나는 무슨 말이냐는 듯이 은옥에게 도움의 눈길을 보냈지만, 은옥 역시 고모가 왜 화를 내는지 알 수 없다는 표정이었다.

"고모, 알아듣게 말해요."

나는 장례식 내내 고모의 행동이 못마땅했다. 내 의견은 물어보지 않고 맘대로 교회 사람들을 초청한 거며, 은옥을 나서지 못하도록 막아선 행동 등 여러 번 내 심사를 건드렸다.

"모두 니 아빠 이름으로 되어 있다구, 전 재산이!"

"네? 그게 무슨 말이에요?"

"이게 모두 네 재산이 된다고. 뭔 말인지 몰라?"

그제야 어렴풋이 짚이는 게 있었다.

"엄마는 나를 자식 취급도 안 했다니까. 어려서부터 그랬어. 모든 게 오빠, 오빠, 오빠였지. 배신도 이런 배신이 없어."

고모의 눈이 빨개지면서 눈물이 고였다. 할머니한테 쌓인 게 많구나 싶었다.

"사람 구실도 못 하는 사람을 그렇게 싸고돌더니 결국 나한테는 일원 한 푼 안 준다니 말이 돼? 엉, 말이 되냐구?"

고모는 서류봉투를 내 코앞에 들이밀었다.

"눈이 있으면 너도 봐. 내가 화가 나게 생겼나 안 생겼나."

봉투 안에는 모르긴 몰라도 부동산 등기부 등본이라는 게 들어 있을 것이다. 고모 말대로라면 할머니는 전 재산을 아빠에게 남겼고, 아빠가 사망했으니 전 재산은 하나밖에 없는 자식인 내게 상속이 될 모양이었다. 그게 사실이라면 고모 입장에서는 화가 날만도 했다. 입장

바꿔서 나라도 서운하고 화날 일이었지만, 나는 고모가 야속하고 얄미웠다. 할머니가 돌아가신 것도 아닌데 덜컥 재산부터 알아봤다는 사실이 놀라웠다. 사람의 탈을 쓰고서 해서는 안 될 일이었다.

"고모, 아빠가 돌아가시자마자 재산부터 확인했네요."

내 말에 뾰족한 가시가 들렸다.

"흥, 내 이럴 거 같아 진작부터 불안했어. 그래서 어제 네 고모부보고 등기부 등본 좀 떼보라고 했지. 아우, 역시 내 짐작이 맞더라. 이건 뭐 마른하늘에 날벼락이네."

마른하늘에 날벼락은 아빠의 죽음이고, 치매증세로 요양원에 맡겨진 할머니였다. 그걸 모르고 엉뚱한 말을 하는 고모가 제정신인가 싶었다. 나는 차갑게 내뱉었다.

"고모, 그래서 어떻게 할 건데요? 이 식당을 빼앗기라도 할 거예요?"

"아... 아니. 엄연히 내 몫도 있다는 뜻이지. 팔아서 나눈다던가 하는 방법도 있잖아."

고모가 내 반격에 당황한 듯이 말을 더듬었다. 할머니가 평생을 바쳐온 식당이라는 걸 누구보다 고모가 잘 알고 있었다. 아무리 딸이라 해도 식당을 처분한다는 말을 그렇게 쉽게 해서는 안 되는 거였다.

"할머니라면 식당을 절대 팔고 싶지 않을 거예요."

"그래서 어떻게 할 건데? 막말로 니가 이 식당 운영할 수 있어?"

나도 모르게 은옥을 돌아보았다. 은옥이 있으니 적이 안심이 되었다.

"왜 못해요? 이건 할머니가 아빠에게 물려준 거예요. 고모는 세월리 식당이 있잖아요. 그것도 할머니가 차려준 거 아니예요?"

"뭐... 뭐라고? 이나, 너!"

내가 정곡을 찌르자, 고모가 말을 잇지 못했다. 마냥 어린 줄만 알았더니 그게 아니어서 놀란 모양이었다.

"이나 너 어린 게 보통이 아니로구나."

고모가 두 눈을 희번덕거리며 나를 쏘아보았다.

"저 어린애 아니거든요."

"어린애가 아니면 니가 어른이니? 흥, 그래. 해봐. 너 아직 미성년자야. 어디 니가 혼자서 뭘 할 수 있나 보자."

고모는 분에 겨워 부들부들 떨더니 혼자서 잘해 보라는 말을 남기고는 집으로 돌아갔다. 고모가 던져 놓은 '미성년'이라는 말이 내내 목에 걸렸다. 연재도 미성년이라서 자기 이름의 적금통장조차 마음대로 해지하지 못했다. 만일 고모가 마음대로 식당을 정리한다면, 그러한 권리가 고모에게 있다면 어떻게 해야 할까. 고모는 할머니의 하나 남은 자식이었다. 하지만 안 될 말이었다. 그건 할머니에게 면목이 없는 일이었다.

14

내가 아는 건 하나도 없었다

할머니가 있는 요양원은 큰길에서 벗어나 좁은 도로를 한참이나 올라가야 했다. 우중충한 삼층짜리 시멘트 건물 입구에는 '사랑요양원'이라는 입간판이 세워져 있었다. 좁은 앞마당에는 요양원 표시가 있는 주황색 승합차가 주차되어 있고, 작은 화단에는 시들어가는 백일홍이 고개를 숙이고 있었다.

할머니의 방은 계단을 올라가 이층 끝방이었다. 볕이 잘 들지 않아 병실 안은 한낮인데도 어두컴컴했다. 여섯 개의 침대가 오밀조밀하게 붙어 있는 방에는 환자복을 입은 할머니들이 누워 있거나 앉아 계셨다. 어떤 분은 할머니가 병원에 계셨을 때처럼 콧줄을 낀 채였고, 어떤 분은 침대 끝에 앉아 병실로 들어서는 우리를 초점 잃은 눈으로 보고 계셨다.

할머니의 침대는 세 개가 나란히 있는 가운데였다. 할머니는 주무시고 계셨다. 어느덧 계절적으로 초겨울이니 할머니는 늘 그렇듯 겨울잠을 자고 있는 셈이었다. 잠이 든 할머니의 얼굴은 오히려 아기처럼 편안해 보였다. 눈시울이 뜨거워졌다. 나는 할머니의 손을 가만히 그러쥐었다. 뼈마디가 앙상한 할머니의 손은 아기처럼 작았다. 마치 마른 단풍잎 같았다. 힘을 주면 바삭 소리를 내며 부서질 것 같아 나는 살살 조심스럽게 쓰다듬었다.

"아이고, 어머니."

은옥이 입을 틀어막고 울음을 삼켰다.

"염려 마세요. 저희가 잘 돌보고 있답니다. 곧 일어나실 거예요. 식사시간이거든요."

연두색 앞치마를 두른 요양보호사는 품이 넉넉한 사람 같아 보였다.

"식사는 잘하시나요?"

은옥이 물었다.

"아오, 말도 마세요. 어찌나 식성이 좋으신지 몰라요. 금방 잡숫고도 배고프다고 하시는걸요. 조금만 늦어도 난리가 나요."

"할머니가요?"

의외였다. 할머니는 평소에 반 공기 정도밖에 들지 않았다. 평생을 그렇게 살아와서 더 먹으면 배탈이 난다고 했다.

"그럼요. 배고프다며 어찌나 허겁지겁 드시는지 우리가 말릴 정도예요."

나는 고개를 갸웃하며 할머니를 들여다보았다. 환자복 상의에 김칫국물이 벌겋게 묻어 있었다. 잡숫다가 흘린 것 같았다. 우리의 눈길이 그곳에 머물자 보호사가 황급히 말했다.

"일어나시면 우리가 목욕시켜드리고 새 옷으로 갈아입혀 드릴 거예요."

걱정하지 말라는 보호사의 말을 듣고는 조금 안심이 되었다.

"할머니, 일어나세요. 누가 왔나 보세요."

보호사가 잠든 할머니의 어깨를 살살 흔들었다. 할머니가 게슴츠레 눈을 떴다.

"누구시유?"

한참이나 뚫어지게 나를 바라보던 할머니가 물었다. 기가 막혀 말이 안 나왔다. 할머니는 정말 나를 까마득하게 잊은 걸까.

"누군데 이렇게 이쁘댜."

할머니가 내 손을 잡고 손등을 쓸었다.

"할머니, 할머니. 나야, 나. 이나잖아. 나 모르겠어?"

"참, 곱기도 하다."

할머니는 내 손을 쓸고 또 쓸었다. 가슴속에서 뜨거운 것이 밀고 올라오더니 급기야 물이 되어 주르르 볼을 타고 흘러내렸다. 그때였다. 할머니가 벌떡 일어나더니, 옆에 있는 은옥에게 달려들었다. 미처 방어할 틈도 없이 은옥은 그만 옆 침대 위로 엉덩방아를 찧고 말았다. 침대가 비어 있었으니 망정이지 하마터면 환자를 깔고 앉는 사고가 일어날 뻔했다.

"이년, 이 나쁜 년. 내 돈 내놔, 이년아."

와락 할머니가 달려들어 은옥의 머리채를 휘어잡았다. 순식간에 일어난 일이라 말리고 어쩔 틈도 없었다. 나는 할머니가 순간 은옥을 엄마로 착각하고 있다는 걸 알아차렸다. 할머니 기억 속에서 엄마는 천하에 몹쓸 년이었다. 채 돌도 안 된 딸자식을 내버리고, 다른 놈과 눈이 맞아 도망을 갔으니 엄마는 내게도 부끄럽고 창피한 존재였다. 나는 아프도록 입술을 깨물었다.

"어머나, 웬일이래? 할머니, 진정하세요."

가까스로 보호사 서넛이 달려들어 할머니를 진정시켰다. 은옥은 얼굴이 벌게져서 어쩔 줄을 모르고 쩔쩔맸다.

"밖으로 나가세요. 치매 어르신들은 가끔 그런답니다."

보호사가 우리를 병실 밖으로 밀어냈다. 우리가 할머니 눈에서 벗어나자 할머니는 다시 고래고래 소리를 질렀다.

"밥 줘. 배고파. 밥 줘."

나는 차라리 귀를 틀어막고 싶었다. 아아, 할머니. 불쌍한 우리 할머니. 가슴이 미어졌다. 나는 그대로 계단을 달려 내려왔다.

"이나, 이나."

나는 뒤따라 온 은옥을 붙들고 엉엉 울음을 터뜨리고 말았다.

"이나, 울지 마. 울지 마."

은옥이 나를 당겨 안아 주었다. 작고 앙상한 은옥의 품은 따스하고 포근했다.

"이나, 우리 이런 때일수록 바짝 정신을 차려야 해."

은옥은 할머니가 식사하는 모습을 보고 가자고 했지만, 나는 한사코 싫다며 고집을 피웠다. 저기 있는 할머니는 할머니가 아니었다. 아빠가 아빠가 아니었듯이. 할머니만이라도 오롯이 내 기억 속에서 온전하게 남아있어야 했다. 두 번 다시 할머니를 보러 오지 않으리라.

폰이 울렸다. 고모였다. 수신거절 버튼을 누르려다가 마지못해 받고 말았다. 다짜고짜 고모가 악다구니를 썼다.

"매월 수십만 원의 요양원비는 어떻게 할 거야? 재산은 니가 다 갖고 있는데 아무리 자식이라도 나 혼자 부담할 수는 없어."

나는 다 듣지도 않고 폰을 꺼버렸다. 고모도 할머니를 닮아 엄청난 짠순이었다.

"우리 엄마. 진짜 못 말려. 팬티까지 기워 입는다니까. 창피해서 죽겠어. 돈 벌어서 다 뭐 하려고 그러는지 몰라."

인우 오빠는 그런 고모를 두고 늘 구시렁거렸다. 그런 고모가 오빠를 캐나다로 유학을 보냈다. 중학교를 마치자마자 수속을 밟았는데, 음기가 세서 성공하지 못한다는 하월의 풍수지리가 걸려서였는지, 아니면 하나밖에 없는 자식을 훌륭하게 키워내려는 모성애 때문이었는지는 잘 모르겠다. 어쨌든 인우 오빠는 보기 드문 수재 중에 수재였으니 고모가 혼신의 힘을 다해 뒷바라지를 하는 건 당연했다. 고모도 제

살을 깎아 자식에게 먹이는 어미였으므로. 그런 고모가 매월 수십만 원이나 되는 요양원비를 부담하려니 눈알이 튀어나올 만했다.

고모 말대로 건물을 파는 게 옳은 일인지도 모르겠다. 고모 말을 들은 은옥은 할머니를 집으로 모셔오겠다고 했다. 자기가 다 할 수 있다며 걱정하지 말라며.

"말도 안 되는 소리 하지 마. 니가 무슨 권리로 엄마를 모셔?"

말은 그렇게 했지만 고모는 마을 사람들의 이목이 더 두려울 것이다. 특히 믿음 좋은 교회 권사님이 자식은 외국 유학까지 보내면서 어머니는 나 몰라라 한다면 비난받아 마땅할 일일 터였다.

머리가 복잡했다. 잠이 오지 않았다. 몇 번이나 일어났다 누웠다를 반복했는지 모른다. 몇 번이나 폰을 들었다놨다 반복했다. 그렇다고 톡을 보내기도, 전화를 걸기도, 인터넷을 들여다보는 것도 내키지 않았다. 잠 안 오는 밤에는 오줌이 더 자주 마렵다. 화장실에 가려고 거실로 나왔을 때였다. 할머니 방에서 가늘게 흐느끼는 소리가 새어 나왔다. 은옥이었다. 가슴이 싸하게 시렸다. 나는 소리 나지 않게 방문을 열었다. 어둠 속에서 은옥이 할머니의 이불 더미에 엎드려 숨죽여 울고 있었다. 인기척을 느꼈는지 들썩거리던 어깨가 조용해졌다. 나는 뭐라고 말을 꺼내야 할지 몰랐다. 은옥을 뭐라고 부르고 싶은데 적당한 호칭이 떠오르지 않았다. 어려서처럼 '은옥아'라고 부를 수는 없는 일이었다.

나는 살그머니 다가가 은옥의 어깨에 손을 얹었다. 은옥이 내 손을 잡았다. 손이 축축했다.

"이나, 같이 잘래? 무서워."

나는 조용히 고개를 끄덕였다. 은옥이 개켜 있는 할머니의 이불을 폈다. 쿰쿰한 할머니의 냄새가 났다. 나는 할머니의 냄새를 깊숙이 들이마셨다.

'스스스.'

마른 나뭇가지를 스치는 바람 소리가 스산했다. 이제 곧 겨울이었다. 왠지 추위가 느껴져 이불을 목 가까이 끌어당겼다. 한참이나 우리는 그렇게 가만히 있었다.

"상대 씨는 말이야. 환한 걸 싫어했어. 특히 밝은 형광등 불빛."

그래서 그렇게 촛불을 밝혔던 걸까.

"방 안이 밝으면 자꾸 구석으로 숨었어."

답은 뻔했다. 아빠는 미쳤으니까. 할머니는 새집을 지을 때 모든 전등을 LED 등으로 교체했다. 전기세가 덜 나온다는 이유에서였다. 아빠가 옛날 집으로 가서 촛불을 켠 이유가 그런 시시한 이유 때문이었을까.

은옥이 자분자분 다시 말을 이었다.

"얼굴을 손으로 가리고. 마치 누군가에게 얻어맞는 것처럼 벌벌 떨었어."

왜 그랬을까. 일순 숨죽이고 있던 강한 의구심이 번쩍 고개를 들었다.

"맞아? 누구한테?"

"내 생각엔……. 상대 씨에게는 아무도 모르는 비밀이 있는 것 같아. 그게 상대 씨를 망가뜨린 게 분명해."

권용재라는 사람의 얼굴이 어둠 속에서 휙 나타났다. 심장이 불규칙적으로 뛰기 시작했다.

"자세히 좀 말해 줘."

나는 은옥이 누운 쪽으로 몸을 돌렸다. 은옥도 내 쪽으로 돌아누우며 내 손을 꼭 잡았다.

"이나, 아빠의 마음 깊은 곳에는 누군가 있어. 그 누군가를 찾아야해. 난 그 일을 이나가 언젠가는 해줬으면 했는데 너무 늦었지 뭐야."

아, 나는 아빠에 대해 정말 아무것도 아는 게 없었다. 아니, 알려고도 하지 않았다. 도대체 그게 누굴까. 그때 섬광처럼 한 이름이 떠올랐다. 조민기! 그날 주차장에서 그들의 입에서 튀어나온 이름이었다. 조민기와 정상대는 둘도 없는 친구 사이였다며, 황급히 말막음을 하던 그들. 나는 초조하게 물었다.

"아빠에 대해 더 아는 거 있어?"

잠시 뜸을 들인 은옥이 엉뚱한 말을 했다.

"그러게 뭐가 있을까? 상대 씨는 참 좋은 사람이었어."

"뭐가 좋았어?"

"상대 씨는 얘기를 잘했어. 아는 것도 많고."

문득 오래전에 아빠가 우리 교실에 들어와 난장판을 피우던 장면이 떠올랐다. 그 일로 인해 나는 영원히 아빠를 마음에서 지웠지만, 수호는 아빠의 이야기에 홀딱 반했다. 꽤 많은 아이들이 아빠의 해박한 지식에 혀를 내두른 건 사실이었고, 선생님들 역시 아빠를 완전히 미친 사람으로 무시하지 않은 이유도 아빠의 입에서 쏟아져 나오는 해박한 지식 때문이었다. 비록 횡설수설 말의 요지는 없었지만, 어느 누구도 미쳤다고 해서 아빠를 함부로 대하지는 않았다.

"혹시 우리 엄마 얘기는 안 했어?"

내 질문에 당황한 듯, 은옥이 뜸을 들였다.

"엄마는 좋은 사람이라고 했어. 예쁘고."

나는 은옥이 둘러대고 있다는 걸 금세 알아차렸다. 아빠의 인생에서 엄마는 어떤 존재였을까. 엄마의 인생에서 아빠는 어떤 존재였을까. 그들에게서 또 나는 어떤 존재였을까. 엄마는 천하에 몹쓸 여자, 외간 남자와 눈 맞아 밤 도망간 여자였다. 할머니의 돈 통을 뒤졌고, 어린 딸까지 팽개친 여자였다. 나는 그런 여자의 딸이었고, 정신 나간 남자의 딸이었다.

"이나를 볼 때면 아빠는 행복해 보였어."

나는 속으로 '말도 안 돼'라고 외쳤다. 아빠와 마주치기를 내가 얼마나 꺼렸던가. 나를 쳐다보는 아빠의 눈길을 느낄 때면 소름이 쫙 끼쳐서 도망가기 일쑤였다. 그런데 나를 보며 아빠가 행복해했다고? 말이 안 되는 일이었다.

"진짜야. 난 이나가 아빠에게 조금만 다정하게 대해주기를 기다렸어. 이런 날이 올 줄 모르고. 이나가 어른이 되면 아빠를 이해해 줄 거라고 생각했어."

은옥의 눈에서 눈물이 흘러서 베갯잇을 적셨다. 은옥이 고개를 돌렸다. 은옥의 어깨가 가늘게 들썩였다. 가슴이 먹먹해지며 쪼개지듯 뻐근해졌다. 나는 은옥의 가는 허리에 팔을 두르고 등에 얼굴을 묻었다. 눈물이 났다. 은옥이 고마웠다. 외로운 아빠의 삶에서 은옥은 어쩌면 아빠의 촛불이었을 거라는 생각이 들었다.

"그만 울어."

은옥이 몸을 돌려 손바닥으로 내 눈물을 닦아 주었다.

"울지 마, 이나."

나는 훌쩍이며 고개를 끄덕였다.

"우리 잘살자. 할머니도 잘 지켜드리고."

은옥이 코맹맹이 소리를 했다. 은옥이 옆에 있어 참 다행이었다. 나는 은옥의 가는 허리를 꼭 끌어안았다. 은옥이 나지막하게 웃었다.

"간지러워."

은옥이 징그럽다는 말을 간지럽다고 잘못 말했다. 피식 웃음이 나왔지만, 정정하지 않았다.

"저기 있잖아. 언니라고 불러도 돼?"

나도 모르게 튀어나온 호칭이었다. 언니는 오랫동안 마음에 두었던 호칭이었다. 엄마라고 부르기에는 너무 어색했다. 은옥과 내가 불과 열 살 정도 차이밖에 나지 않으니, 부를 일이 있다면 언니가 그나마 낫겠다 생각한 적이 있었다.

"언니?"

은옥이 빙긋 웃으며 내 등을 다정한 손길로 쓰다듬었다. 느낌이 좋았다.

"왜 싫어?"

"아니, 좋아. 다정하고."

은옥이 배시시 웃었다. 그런 언니의 웃음이 참 좋다.

15

아빠의 낙인

서초동 대법원 근처, 수많은 법률사무소 간판 속에서 '권용재'란 이름을 찾기는 쉽지 않았다. 구글 지도를 이용했는데도 이 골목 저 골목을 들어갔다 나왔다, 한참이나 헤맨 끝에 마침내 후미진 골목 안에서 그의 이름을 발견할 수 있었다. 예상했던 것보다 작고 허름한 빌딩이었다. 엘리베이터가 없는 탓에 나는 사무실이 있는 5층까지 걸어 올라가야 했다.

법률사무소 인헌
변호사 권용재

철제 현관문 앞에 붙어 있는 목제간판 앞에 서자, 가슴이 두근거렸다. 시계를 보니 약속한 2시보다 30분이나 늦었다. 전철에서 내렸을 때는 오히려 시간이 많이 남은 것 같아 어디서 시간을 보낼까 걱정했다. 그러나 사무실을 찾는데 너무 많은 시간을 허비하고 말았다. 나는 심호흡을 하고는 가볍게 문을 두드렸다.

"들어오세요."

상냥한 여자 목소리였다. 문을 열고 들어서니 칸막이가 있는 입구 쪽에 앉았던 여자가 고개를 들었다. 조금 전에 들어오라고 대답한 여자인 듯했다.

"정이나 학생?"

내가 말하기 전에 그녀가 먼저 물어주어 다행이었다. 나는 얼른 허리를 굽히며 말했다.

"늦어서 죄송합니다. 사무실을 못 찾아서 그만."

"변호사님이 잠깐 급한 일이 생겨 외출을 하셨어요. 괜찮으면 기다려달라고 하시던데요."

"아, 네에."

나는 여자가 안내해 주는 대로 작은 테이블이 있는 안락의자에 앉았다.

"뭐 마실 것 좀 줄까요?"

"아, 아니요, 뭐."

네도, 아니오도 아닌 애매한 대답을 하자, 여자는 김이 모락모락 나는 매실차를 테이블 앞에 놓았다. 그러고는 바쁘게 자기 자리로 돌아갔다. 그러는 동안에 끊임없이 그녀의 책상 위에서 전화벨이 울렸다. 사방이 칸막이로 막힌 좁은 사무실은 좀 답답했다. 스팀이 빵빵해서 더 그런 것 같기도 했다. 벽면마다 빼곡하게 메워진 책꽂이에는 두툼한 책들이 가득 꽂혀 있었다. 나는 혹시 아빠 방에서 보았던 낯익은 책들이 있나 싶어 눈으로 찬찬히 훑었다. 그러나 내가 보았던 책과 비슷한 것조차 눈에 띄지 않았다. 하긴 아빠의 책들은 수십 년이 지난 낡은 것들이니 그러한 책들이 이곳에 있을 리가 만무했다.

나는 괜스레 언 손을 두 다리 사이에 넣고 손바닥을 비볐다. 그러면서 머릿속으로 준비한 말을 다시 한번 곱씹어 보았다. 어젯밤에 수십 번이나 이야기 순서를 정리했다가 다시 허물고, 뒤바꿨던 순서를 다시 바꾸고는 했었다. 하지만 아직도 어떻게 아빠에 대한 말을 꺼내야 할지 막막했다.

이 생각 저 생각으로 초조하게 앉아 있자니 마침내 문이 벌컥 열리고 한 남자가 들어왔다.

"변호사님, 약속한 분이 기다리고 계세요."

"어, 그래?"

주고받는 소리가 들리는가 싶었는데, 금세 내가 앉아 있는 칸막이 안으로 그가 들어왔다. 반사적으로 고개를 돌리다가 나는 그만 심장이 뚝 멎는 듯했다. 전에 보았던 그 남자가 아니어서였다. 처음 보는 전혀 낯선 인물이었다. 순간 머릿속이 쿵쿵 울리며 혼란스러워졌다.

"아, 앉아요."

그가 맞은편 의자에 앉으며 손짓을 했다. 그는 아빠보다 십 년은 젊어 보였다. 아빠와 같은 연배라면 반백의 머리에, 이마에 주름 서너 개쯤은 보일 법한데, 그는 40대 초반처럼 보였다.

"저 권용재 변호사님인가요?"

"네, 그래요. 며칠 전 내게 전화를 한 학생 맞지? 정이나라고 했던가? 예전에도 한 번 전화를 했었고."

그는 나를 정확하게 기억하고 있었다. 다행히 그의 눈빛이 따스해 보였다. 안도의 한숨이 나왔다.

"네. 맞아요. 혹시 우리 집에 한 번 오시지 않으셨어요? 임막순초계탕에."

그의 호의적인 태도에 용기가 생겼다.

"아아, 거기 갔었어. 할머니가 하는 초계탕이 아주 맛있더군. 아 참, 할머니가 다치셨다고 전에 그랬던 것 같은데."

다행이었다. 생판 엉뚱한 분을 찾아온 것 같지는 않았다. 아마 전에 주차장에서 내가 보았던 일행 중에 한 분인 듯했다.

"이제 할머니는 다 나으셨어요."

"다행이로구나. 그런데 무슨 일로?"

"저어, 그런데 우리 아빠를 아신다고 하셨지요? 정상대 씨요."

"음……."

그가 두툼한 턱을 쓰다듬으며 나직하게 한숨을 쉬었다. 긍정도 부정도 하지 않았지만, 나는 왠지 그가 아빠를 잘 알고 있다는 확신이

들었다. 그랬기에 내가 어른이 아니라는 것을 알면서도 시간을 내어 만나준다고 약속한 것이었다. 그건 그만큼 그에게 있어서 아빠가 비중 있는 존재라는 증거였다.

"사실 나는 정상대를 직접 알고 있지는 않아. 다만 소문으로 들어서는 알고 있지. 워낙 그 사건이 유명했으니까."

"그…… 사건요?"

'꿀꺽'하고 내 목에서 침 넘어가는 소리가 들렸다.

"그게 궁금해서 온 게 아니었나? 아빠가 사고로 돌아가셨다고 말한 것 같은데."

나는 가만히 고개를 끄덕였다. 아빠 얼굴을 떠올리자, 가슴이 뻐근하게 저렸다.

"네, 아빠가 촛불을 좋아하셨는데 그만 집에 불이 나서."

"저런!"

그가 혀를 찼다. 나는 안타까움과 안쓰러움이 교차하는 그의 표정을 놓치지 않았다.

"다행히 할머니는 괜찮으시고요. 불에 탄 집은 옛날 집이거든요."

"그랬구나."

그의 얼굴에 안도하는 빛이 나타나며 표정이 부드러워졌다. 그의 표정 변화에 나는 편안해지며 용기가 생겼다. 그래서 차분하게 말을 이어갈 수 있었다.

"이렇게 변호사님을 찾은 것은 사실 아빠에 대해 궁금한 것을 여쭤

보려고요. 제가 아빠에 대해 아는 것이 하나도 없어서…….”

눈시울이 더워지며 목이 뻑뻑해졌다.

“그랬겠지.”

그가 이해할 수 있다는 듯이 천천히 고개를 끄덕였다. 그때 문 앞 책상에 앉아 있던 여자가 조심스럽게 고개를 내밀었다.

“저어, 변호사님. 약속 시간이…….”

그가 손목시계를 들여다보았다.

“벌써 시간이 이렇게 되었나? 한 30분 정도 늦는다고 전해줘요.”

“네, 알겠습니다.”

여자가 공손하게 고개를 숙이고는 돌아갔다. 약속까지 미루며 내게 시간을 할애하고 있다는 사실이 미안하고 죄송했다. 그리고 고마웠다.

“네 전화를 받고 사실 좀 충격을 받았지. 상대를 잘 아는 김변호사하고도 통화를 하며 옛날이야기를 했고.”

그가 눈을 감고 손바닥으로 얼굴을 쓸었다. 그가 말하는 옛날이야기란 아빠의 학창시절일 터였다. 아빠 나이로 따지면 80년대 중반쯤이었을 것이다. 영정 사진 속 아빠처럼 풋풋했을 사람들, 상상조차 되지 않았지만 그들의 젊음이 어렴풋이 느껴졌다.

그의 말은 계속 이어졌다. 아빠가 대학생이었던 때는 한창 군부독재가 이어지던 시절이었다. 살벌한 시대였다고.

“우린 그저 고시 공부에 열을 올렸지. 세상이야 시끄럽건 말건 우리의 목표는 그저 고시에 패스하는 것이었어. 그러나 상대와 민기 같은 애들은 그렇지 않았어. 특히 상대가 안기부에 끌려갔다는 소리를 듣고는 우리들은 경악했지. 상대는 당시 우수한 성적으로 1차에 합격한 상태였거든. 그런데……."

권용재 변호사는 참 좋은 사람이었다. 좀 더 일찍 그분을 찾아뵙지 못한 게 한이었다. 그랬더라면 아빠가 가시기 전에 아빠를 이해할 수 있었을 텐데. 조금이라도 따뜻하게 아빠를 대했을 텐데. 돌아오는 내내 나는 전철 안에서 울음을 삼켰다. 아빠에게 미안하고 미안해서 가슴이 터질 것 같았다.

아빠는 안기부라는 곳에서 모진 고문을 당하던 중, 뜻을 같이 했던 친구들의 이름을 불고 말았다고 한다. 조민기라는 사람은 그중 한 사람이었고, 아빠는 죄책감과 고문 후유증으로 삶의 모든 것을 송두리째 잃고 말았다고. 아빠는 평생 그 사실을 가슴에 안고 살았다. 제 살을 깎아 자신에게 먹여 키웠던 할머니에게도 그 비밀을 털어놓지 못했다. 얼마나 괴로웠을까. 얼마나 아팠을까. 고문으로 동료들의 이름을 댄 것을 아빠는 치욕으로 여기며 자신을 용서할 수 없었지만, 나는 아빠를 이해할 수 있었다. 어쩌면 아빠는 배신자라는 낙인이 두려워 자꾸 안으로 안으로 숨었는지 모른다. 하지만 세상 사람들 어느 누구도 아빠에게 돌을 던질 수는 없다. 그들은 아빠처럼 모진 고문을 당해보지 않았으니까. 그런 아빠에게 나는 수만 번 낙인을 찍었다. 미쳤다고, 정신병자라고. 그건 얼굴조차 기억나지 않는 엄마도 마찬가지였다. 엄마는 도대체 왜 그랬을까. 왜 아빠를 만나 사랑을 하고 나를 낳았을까. 엄마는 사랑이란 걸 하기는 한 걸까. 나는 고개를 저었다. 아빠를 진심으로 사랑한 사람은 엄마가 아닌, 은옥이라고. 이제부터 엄마를 기억 속에서 영원히 지울 것이라고 다짐했다.

사무실을 나오려는 내게 권용재 변호사는 마지막으로 덧붙였다.

"우린 모두 상대나 민기 같은 사람들에게 커다란 빚을 지고 있어. 나나 김 변호사나, 이 시대에 사는 모든 사람들 말이야."

권 변호사는 언제든 의논할 것이 있으면 전화를 하라고 했다. 연재 할머니 일도, 할머니 일도, 또 미성년자여서 해결하기 어려운 법률적인 일들도 이제 그분과 상의하면 될 것 같았다. 비록 내 곁에는 할머니도, 아빠도 없지만, 천군만마를 얻은 것처럼 힘이 났다.

16

긴 겨울

월촌의 겨울은 춥다. 사방이 산으로 둘러싸인 터라 해가 뜨고 지는 시간이 빠른 탓이었다. 더구나 올해는 수십 년 만에 내린다는 폭설이 연일 기록을 경신했고, 전에 없이 혹독한 추위가 이어져서 더 추운 것 같았다. 그래서인지 마을 전체가 깊은 겨울잠에 빠진 것처럼 고요했다. 그러는 동안 내 주변에서는 작은 변화가 생겼다.

은옥과 나는 일주일에 한 번씩 할머니가 평소 좋아했던 음식을 싸들고 요양원을 찾았다. 할머니는 여전히 나와 은옥을 알아보지 못하고 엉뚱한 소리를 했으나, 우리를 대하는 눈빛만큼은 처음보다 많이 순해졌다. 은옥을 보면 "아줌마, 오늘은 뭘 가져왔수?"라며 들고 간 비닐봉지를 먼저 헤쳤다. 봉지 속에서 할머니가 좋아하는 인절미나 팥 시루떡이 나오면 몇 번이나 고맙다며 인사를 했다. 그 모습이 어린 아이처럼 순하고 티가 없었다.

나는 할머니에게 있어서 여전히 '곱고 예쁜 아가씨'였다.

"참 곱기도 혀. 어쩜 이런 이쁜 아가씨가 다 있댜."

그러면서 내 손을 쓰다듬으며 볼을 어루만졌다. 그런 할머니를 대할 때마다 속이 상하고 마음 아팠지만, 시간이 가면서 그런 감정들도 차츰 엷어져 갔다. 대신 할머니가 버림받은 아기처럼 안쓰럽고 불쌍했다.

연재는 예상대로 월촌고등학교에 원서를 넣었다. 거기에는 권용재 변호사의 도움이 있었다. 거대한 산처럼 꿈쩍도 않던 그린필드에서 권변호사의 전화 한 통으로 얼마간에 보상을 해주기로 했기 때문이다. 연재는 산재보험 혜택을 받기에는 여러 난제가 있다는 말을 듣고는 그것으로 만족하기로 했다. 힘 있는 자의 가벼운 전화 한 통이 약자의 힘겨운 발품보다 더 큰 영향을 끼친다는 것에 입맛이 씁쓸했으나, 그나마 다행이었다.

수호는 물품 포장 작업장에서 상차 작업장으로 옮겼다고 했다. 상차가 뭐냐고 물으니, 트럭에 짐을 싣는 거라고 했다. 단순포장보다 상차 작업 수당이 더 많다며 나름 승진한 거라며 으스댔다. 연재와 수호는 그런대로 자리를 찾아가고 있는 듯했으나, 나는 그렇지 못했다. 담임은 여러 번 집으로 찾아와 월촌고등학교로 원서를 넣으라며 어르며 달랬으나, 마음이 내키지 않아 고개를 저었다. 불과 몇 달 전만 해도 나는 무작정 아빠를 피해 집을 떠나는 거였다. 하지만 지금은 떠날 수도 없고, 떠날 이유가 사라져 버렸다. 그렇다고 해서 아무 생각 없이 고등학교에 진학해서 공부를 이어가는 것도 탐탁하지 않았다.

　모처럼 겨울답지 않게 볕이 따스한 날이었다. 햇볕의 힘은 참으로 위대했다. 영하의 기온에도 볕이 닿는 곳에는 눈더미가 슬금슬금 녹아내렸다. 그 바람에 도로는 질척거렸고, 엉금엉금 기어 다니던 자동차들은 기다렸다는 듯이 쌩쌩 속도를 높였다. 한겨울 모진 추위가 누그러지니 생각지도 않던 사람들이 찾아왔다. 그중에 한 사람이 고모였다.

　나는 언제 고모가 한 번은 들이닥칠 거라는 예상을 했었다. 권변호사의 도움으로 팜 티 응옥을 나의 미성년 후견인으로 선정해 놓았기 때문이다. 미성년 후견인이란 미성년인 아이의 부모가 자녀를 유기하고 연락조차 되지 않거나, 갑자기 불의의 사고로 인해 부모님이 돌아가셨을 경우에 재산을 관리할 수 있는 후견인을 정해 놓는 제도였다. 이 역시 권 변호사가 귀띔을 해주어 알게 된 정보였다. 내게는 친권자인 엄마가 살아있지만 어디에 있는지 모르고, 설령 안다 하더라도 나는 얼굴도 모르는 엄마를 친권자로 설정하고 싶지는 않았다.

　"이나, 너 미쳤어?"

　나를 보는 고모의 눈에서 불길이 일었다. 고모의 마음을 모르는 바는 아니었다. 혈육인 고모를 제치고 일언반구 의논도 없이 피 한 방울 섞이지 않은 팜 티 응옥을 후견인으로 세웠으니 고모가 서운할 만도

했다. 한때 고모는 나를 떠보려는 듯 엄마의 소식을 물었던 적이 있었다. 내가 엄마와 전혀 연락이 닿지 않는다는 걸 알고는, 내심 자신을 친권자나 후견인으로 세우려는 방법을 알아보았을 터였다. 재산 문제에 있어서 누구보다 촉각을 곤두세우는 고모가 법률적인 문제를 미리 알아보지 않았을 리가 만무했다. 또한 고모가 지난번 미성년이 어떻고 했을 때는 이미 그러한 문제를 알아보았다는 증거였다.

"무슨 뜻이에요?"

나는 짐짓 아무것도 모른다는 듯, 시치미를 떼었다.

"너 쟤를 후견인으로 세웠다며? 그런 건 어떻게 알았어?"

고모가 은옥이 있는 방을 턱짓으로 가리켰다.

"아는 변호사님이 도와주셨어요."

"아는 변호사 누구?"

뜻밖이라는 듯 고모의 눈이 커졌다.

"아빠를 알고 있는 분이에요."

"아 글쎄, 그 사람이 누구냐고?"

"고모는 몰라도 돼요."

"어쨌거나 저쨌거나 저 여자가 왜 니 후견인이야? 혹시 그 변호사라는 사람, 저 여자하고 아는 사이야?"

고모는 미심쩍은 눈초리를 거두지 않았다.

"절대 아니거든요. 그런데 왜 은옥 언니는 안 된다는 거예요?"

"은옥 언니?"

고모가 코웃음을 쳤다. 불쑥 말을 내뱉고는 나도 아차 싶었다. 속사정을 다 아는 고모가 얼토당토않다고 여기는 건 당연했다. 호칭 따위 정도는 고모가 모르는 게 나은데 싶었다.

"언니라는 게 말이 되니? 니 아빠하고 그렇고 그런 사이였잖아."

나는 대꾸하지 않았다. 대꾸할 가치도 없었다. 은옥이 아빠를 진심으로 사랑했다는 걸 고모가 이해할 리가 없었다.

"저 여자를 어떻게 믿어? 네 엄마처럼 몰래 재산을 빼돌려 도망이라도 가면 어쩔래?"

고모는 나를 염려해주는 척했지만, '근본도 모르는 외국 여자'라는 뜻을 깔고 은옥을 무시하고 있었다.

"언니는 그럴 사람 아니에요."

내가 완강한 태도를 보이자, 고모는 나를 달래기 시작했다.

"이나야, 정신 차려. 니가 아무것도 몰라서 그렇지. 세상 참 무섭다. 네 엄마 봐. 할머니가 얼마나 잘해줬는지 알아? 마을 사람들이 다 손가락질하는 네 아빠와 같이 살아준다고 할머니가 얼마나 쩔쩔맸는지 알아? 쩔쩔매기만 해. 철 따라 좋은 옷이란 옷은 다 사다 주질 않나, 힘들다며 주방 일 하나 안 시켰어. 아오 참. 나쁜 년. 천하에 몹쓸 년."

고모는 새삼스럽게 당시 일을 입에 올리며 치를 떨었다. 나는 듣기 싫었다. 엄마 얘기라면 소름이 끼치도록 진저리가 났다.

"고모, 난 고모가 이러는 게 이해가 안 돼. 이건 내 일이잖아. 내 일에 상관하지 말고 고모 할 일이나 제대로 해. 고모가 할 일은 할머니한테 잘해 드리는 거 아니야?"

나는 요즘 고모가 요양원에 자주 가지 않는다는 걸 들어서 알고 있었다. 아무리 할머니에 대한 감정이 좋지 않다고 해도 그러는 게 아니었다.

"뭐...뭐라고?"

고모가 허를 찔린 듯, 입을 벌렸다.

"내가 또 못하는 건 뭐야? 나처럼 하는 딸도 없다 너. 너도 생각해 봐. 요양원비는 누가 내니? 내가 내잖아. 어느 딸년이 물려받은 것도 없는데 한 달에 70만 원이란 돈을 넙죽넙죽 내니?"

고모는 입에 게거품을 물며 빈정거렸다.

"너 그렇게 잘났으면 니가 내 봐, 그럼. 집을 팔던지 일을 해서 돈을 벌던지."

고모가 한창 쌍심지를 돋울 때 은옥이 들어왔다. 아마 밖에서 고모 이야기를 엿듣고 있었던 모양이었다.

"고모, 그만 하세요. 봄 되면 제가 일을 해서 낼게요."

"흥! 나쁜 년. 그래, 이게 다 니 재산이다, 이거지?"

고모는 입술을 파르르 떨며 은옥을 흘겨보았다.

"고모, 그런 말 하려거든 그만 집에 가세요."

나는 참다못해 고모를 떠밀었다. 고모가 떠난 자리는 한겨울 대자리처럼 차갑고 싸늘했다. 마음이 시렸다.

오후가 되자 뜻밖에도 이준서 씨가 찾아왔다. 그는 포장된 작은 상자를 썰렁한 테이블 위에 턱 올려놓고는 홀 안을 휘둘러 보았다. 마치 식당을 처음 보는 사람처럼. 나는 그를 어떻게 대해야 할지 몰라 안절부절못했다. 작별인사조차 변변히 드리지 못하고 발길을 끊었으니 그를 뵐 면목이 없었다. 부끄럽고 죄송했다.

"어떻게 지내고 있나 궁금해서 왔지. 그래, 잘 지내니?"

나는 뭐라고 대답해야 할지 몰라 쭈뼛거렸다. 잘 지낸다고 하기도, 못 지낸다고 하기도 어려웠다. 그렇다고 그는 특별히 내 안부가 궁금한 것 같지 않았다. 그도 멋쩍은 표정이었다.

"이걸 전해주고 싶어서……."

그는 상자 안을 열어서 신문지에 싸인 작은 물건을 조심스럽게 꺼냈다. 그는 겹겹의 신문지를 꼼꼼하고 조심스럽게 한 겹 한 겹 풀었다. 은옥과 나는 궁금해서 고개를 빼고 들여다보았다.

"!"

신문지가 다 벗겨지며 모습을 드러낸 물건을 보고는 나는 그만 '헉!' 하고 숨을 멈추고 말았다. 은옥의 입에서도 짧은 탄성이 터져 나왔다. 그가 가져온 물건은, 도자기 흉상이었다. 정확하게는 아빠의 고등학생 때의 모습을 빚어 가마에 구운 것이었다.

"이걸 네게 선물로 주고 싶었어."

나는 그를 의아하게 올려다보았다. 대체 그에게 있어서 아빠는 어떤 존재였을까? 어떤 존재였기에 수십 년이 지난 작금에도 아빠의 모습을 저토록 세세하게 기억해낼 수 있을까.

"네가 아빠를 잘 모르는 것 같아서. 전에도 말했지만 네 아빠 상대형은 참 대단한 사람이었어. 단순히 공부만 잘한 게 아니라, 친구들이나 우리 같은 후배들 사이에서도 빛나는 사람이었어. 말하자면 우상과 같은 존재였지. 상대 형 소식을 들었을 때 참 만감이 교차하더구나."

그는 여전히 떠벌이었다. 전혀 예술가답지 않게. 은옥은 벌써 울먹이는 손으로 아빠의 흉상을 어루만지고 있었다.

"이렇게라도 해야 형한테 빚을 갚을 수 있을 것 같아서."

"빚이라면?"

문득 권용재 변호사가 했던 말이 뇌리를 스쳤다.

"우리 모두 상대에게 빚을 지고 있지. 이 시대를 사는 사람 모두가 말이야."

이준서 씨도 권용재 변호사와 같은 생각일까.

"이나야, 월촌 사람들은 잘 모르지만 상대 형은 시대의 희생양이야. 난 형을 믿어."

아! 그도 아빠의 과거를 알고 있었다. 월촌에서 아빠의 과거를 제대로 아는 사람이 얼마나 될까. 할머니는 옳게 알고 있었을까. 할머니는 아빠처럼 배신자라는 낙인을 부끄럽게 여기고, 차라리 공부하다 돌아버린 나약한 인간으로 만들어 놓은 건 아닐까. 진작 알았더라면 할머니에게 여쭤보는 건데, 이젠 너무 늦었다. 뒤늦은 후회로 가슴이 답답해졌다.

"내가 보기에 이나 네가 아빠에 대해 잘못 알고 있는 것 같더구나. 물론 너로서는 그럴 수밖에 없었겠지. 아빠를 잘 모르니까. 온전하지 못한 아빠만 보고 자랐으니까. 그래서 아빠를 알고 있는 내가, 우리 같은 사람들이 말해 줘야 할 것 같더구나. 너무 늦었지만 말이다."

그가 말을 멈추고 나를 지그시 올려다보았다. 울컥 목이 메며 눈시울이 더워졌다.

"네 아빠는 훌륭한 사람이었다. 이렇게 흉상으로나마 네 가슴에 남아있기를 바란다."

참았던 눈물이 그예 뚝 떨어졌다.

"고맙습니다."

나는 그를 향해 꾸벅 허리를 굽혔다. 그는 문을 나서다 말고 장난스럽게 내 머리를 주먹으로 톡 때렸다.

"야, 인마. 너 그러는 거 아니야. 온다간다 말도 없이 사라지고 말이야. 도예 공부는 아예 안 할 거야?"

"생각해보고요."

"그래, 언제든지 생각 있으면 와라. 제대로 가르쳐줄 테니."

그가 떠난 자리는 봄볕처럼 따뜻하고 포근했다.

나는 아빠의 흉상을 거실 장식장 위에 올려놓았다. 마음 같아서는 내 방에 보관하고 싶었지만, 은옥 언니를 생각하면 그럴 수 없는 일이었다. 언니와 나는 아빠의 흉상을 찬찬히 살펴보았다. 작고 아담한

크기의 흉상은 연한 갈색으로 반짝반짝 빛이 났다. 아빠는 뭐가 그리 즐거운지 입을 한껏 벌리고 환하게 웃고 있었다. 세상의 모든 것을 다 가진 듯 자신감 넘치는 웃음이었다. 웃느라 반쯤 감긴 눈은 더없이 정겨워 보였다. 나는 아빠의 볼을 손끝으로 어루만졌다. 만질만질한 감촉이 느껴지며 아빠의 웃음이 손끝을 통해 저릿하게 전해졌다.

"아빠!"

나는 처음으로 '아빠'를 입 밖으로 소리 내어 불렀다.

저녁나절 즈음, 핸폰이 요란하게 울렸다. 담임이었다.

"이나야, 월촌에 원서 넣어놨어. 잔소리 말고 등록금 꼭 내고 꼭 입학해라."

담임은 '꼭'을 두 번이나 강조했다. 나는 그렇게 하겠다고 대답하지 않고 생각해보겠다고 했다. 아직 내가 무엇을 해야 할지, 어떤 길로 걸어야 할지 확신이 서지 않았다.

그런 나를 본 은옥 언니가 걱정스럽게 말했다.

"이나, 진짜 하고 싶은 일을 생각해 봐."

"모르겠어. 아무것도."

"그럼 잘하는 걸 하면 되는 거야. 이나가 잘하는 건 공부 아니야?"

나는 그저 웃기만 했다. 내가 공부를 잘한다고 하면 도시 아이들은 코웃음을 치며 웃을 일이었다. 겨우 30여 명도 안 되는 학급에서의 일등도 일등이냐며 비아냥거릴 것이다.

"내가 무슨 공부를 잘해? 도시에 큰 학교 가 봐. 아마 중간 정도도 못 할 거야."

"그렇지 않아. 큰 학교에 가면 처음엔 성적이 좋지 않겠지만, 금세 올라가. 내가 알아."

은옥의 말에 나는 단박 맞받았다.

"언니가 어떻게 알아? 언니, 공부 잘했어?"

"후후, 내 동생이 그랬거든."

은옥은 그날 밤, 처음으로 고향 이야기를 꺼냈다. 언니가 태어나 자란 마을은 월촌보다 더욱더 깡촌인, 호이안이라는 바닷가 마을이었다. 아버지와 남동생들이 바다에 나가 고기잡이를 했지만, 아홉이나 되는 식구들은 매우 가난했다고 한다. 상급학교 진학은 꿈도 꿀 수 없는 처지여서 언니는 코리안드림을 안고 한국으로 오게 되었다고 했다. 언니가 보내주는 돈으로 공부한 '호'는 당시 다섯 살밖에 안 된 동생이었지만, 지금은 호치민시에 있는 외국 회사에 근무하고 있다고 했다.

"호가 그랬어. 하노이에 가서는 처음 거의 꼴찌를 했대. 그런데 금방 쑥쑥 성적이 올랐어. 왜 그런지 알아? 타고난 머리가 있으니까. 나는 이나도 그럴 것 같아."

"그럼 지금은 돈 안 보내줘도 되겠네."

"응, 지금은 안 보내도 돼. 어머니 아버지도 돌아가셨고 동생도 다 컸으니까."

"세상에, 언니는 대체 몇 살 때 한국에 온 거야?"

"한 이십 년 되었나? 열여덟 살에 왔어."

"언니 나이가 그렇게나 많아?"

나는 깜짝 놀랐다. 왜 나는 언니가 어리다고만 생각했을까. 작은 몸집에 어린애처럼 순진해 보이는 외모 때문이었는지 모르겠다. 왠지 언니라는 호칭이 민망해지려고 했다. 내가 놀라자 언니가 입을 가리고 호호 웃었다.

"그럼 그동안 한 번도 안 갔어? 베트남에?"

"응."

은옥은 부끄러운 듯, 볼을 붉혔다.

"보고 싶겠다, 언니네 가족."

"뭐 이제는 그렇지도 않아. 오래전 일인 것처럼 가물가물해. 가족을 만나도 이제는 남처럼 서먹할 것 같아."

언니가 나지막하게 한숨을 쉬었다. 대체 가족이란 무얼까. 서로 피를 나눠 가진 사람을 우리는 가족이라고 하지만, 무엇보다 진정한 가족이란 어렵고 힘들 때 함께 있어 주어야 한다. 한 사람을 희생양으로 삼아서도 안 되고, 자신만 살기 위해 도망쳐도 안 된다. 나는 언니를 가만히 끌어안았다. 언니의 심장이 규칙적으로 톡톡 소리를 냈다. 나는 처음으로 은옥 언니가 불쌍하고 애처로웠다. 언니가 내 등을 토닥토닥 어루만졌다. 긴긴 겨울밤은 그렇게 깊어갔다.

17

우리들의 봄

언니는 봄이 되면 임막순초계탕을 다시 열겠다는 의지를 밝혔다. 그동안 눈썰미로 익혀온 할머니의 손맛을 낼 자신이 있다는 거였다. 그러나 나는 선뜻 언니의 계획에 동의하기가 어려웠다. 우선 그 지긋지긋하던 닭 냄새를 또 맡으며 살 생각을 하니, 속이 울렁거렸다. 자칫하다가는 할머니처럼 평생 주방에서 보내게 될까 봐 겁이 났다. 그렇다고 내게 별다른 대안이 있는 것도 아니었다. 미적거리며 하루하루를 보내다 보니 어느덧 봄은 코앞에 다가와 있었다. 월산봉우리는 아직 하얀 눈 모자를 쓰고 있었지만, 하루가 다르게 볕이 달라지고, 산비탈 양지는 푸릇푸릇 연둣빛으로 변해갔다.

"이나, 오늘 대청소하자."

언니가 먼저 팔을 걷어붙이고 나섰다. 이불을 내다가 볕에 널고, 주방에 있는 식기를 박박 닦아서 선반에 차곡차곡 보기 좋게 진열했다. 마지못해 나도 언니를 따라 청소에 합류할 수밖에 없었다. 나는 먼저 할머니가 구석구석 짱 박아 놓은 옛날 물건들을 버리기로 마음먹었다. 검소함과 절약이 몸에 밴 할머니는 무엇하나 버리는 게 없었다. 새집을 지어 이사 온 지 불과 몇 년 되지 않았는데도 그새 할머니가 구석구석 모아둔 잡동사니들은 한도 끝도 없었다. 냄새 나는 비닐봉지들, 종이봉투, 오래된 식기, 양념통들을 정리하다가 주방 한구석에 놓인 항아리 하나가 눈에 띄었다. 중간크기 정도의 오지항아리였다. 얼핏 보기에도 오래된 냄새가 물씬 풍겼다.

'어휴, 저걸 어떻게 들어내지?'

묵직한 옹기 뚜껑을 열자 단단히 여며진 베 보자기가 모습을 드러냈고, 동시에 시큼하고 역한 냄새가 확 올라왔다.

"컥컥."

강한 산성을 띤 식초 냄새에 코가 싸해지며 기침이 터졌다. 나는 코를 싸쥐고는 요란스럽게 언니를 불렀다.

"언니 언니, 이리 좀 와 봐."

내 호들갑에 언니가 급하게 주방으로 들어왔다.

"이거 완전 썩었어. 내다 버려야겠어. 에후, 냄새!"

내가 인상을 쓰자, 언니가 깜짝 놀라며 손사래를 쳤다.

"어머, 이거 버리면 안 돼."

"왜? 이게 뭔데?"

"이거 감식초야. 삼 년 된 거야."

"감식초?"

"응, 어머니가 애지중지하는 거야. 초계탕에는 이거 없음 안 돼."

"뭐?"

"어머니가 그랬어. 제대로 된 감식초가 있어야 초계탕이라고. 아무리 설탕과 식초로 맛을 낸다 해도 마지막으로 감식초 몇 방울 톡톡 떨어뜨리면 톡 쏘는 감칠맛이 살아나고, 입안에 오래도록 감도는 단맛이 난다고."

순간 머릿속이 확 밝아졌다. 할머니의 비법! 세월리 고모에게도 가르쳐주지 않았던 할머니의 비법은 바로 감식초에 있었다. 폐계가 아니었다!

"언니, 이거 세월리 고모도 알아?"

"호호."

언니가 입을 가리고 웃었다. 나도 슬며시 웃음이 터져 나왔다. 참 못 말리는 임막순 할머니, 우리 할머니. 나는 그만 허리를 접으며 깔깔거렸다.

"우와, 대박!"

순간 뱃속 저 밑에서 뭔가 꾸르륵거리더니, 이내 꿈틀꿈틀 용솟음치며 올라왔다.

"언니, 우리 장사하자."

나는 언니의 손을 잡고 흔들었다. 언니는 잠시 어리둥절하더니, 이

내 반색을 하며 눈을 반짝였다.

"정말? 이나 같이 할 거야?"

"응, 하자."

"우와, 고마워, 이나."

언니가 나를 덥석 안았다. 언니와 나는 두 손을 맞잡고 겅중겅중 뛰고 말았다.

며칠 뒤 연재와 수호가 일찌감치 들이닥쳤다. 식당을 다시 열기로 결심한 날, 나는 곧바로 연재와 수호에게 전화를 걸었다. 혹시 너희들 생각 있으면 내 옆에 붙으라고.

"어떻게 생각해? 생각해 봤어?"

"나야 자신 있지. 일당만 두둑이 준다면야."

수호가 단단히 결심이라도 한 듯, 선뜻 합류하겠다고 했다.

"그런 마음이면 아예 접어. 생각해 봐. 장사가 잘 될지 안 될지도 모르는데 일당부터 챙기려면 아예 손도 대지 않는 게 나아."

연재가 정색을 하고 수호에게 핀잔을 주었다. 역시 강연재는 위기에 강했다. 벼랑 끝에 서면 놀랍도록 침착하고 현실적이 되는 연재. 평소에는 한없이 연약하고 여린 연재의 어디서 저런 힘이 나올까. 나는 새삼스러운 눈으로 연재를 바라보았다.

"이나야, 사실 네 전화 받고 곰곰이 생각해 봤어. 너 알다시피 나는 공부에 취미가 없어. 대신 먹는 걸 좋아해서 음식 만드는 거 좋아하잖아. 또 할머니가 일을 못 하시니 당장 생활도 어렵고. 나 시켜주면 열심히 할게."

"그래, 사실 나보다 연재 네가 더 잘할 것 같아. 다행히 은옥언니가 할머니의 비법을 잘 알고 있어. 아마 제대로 전수 받은 거 같아."

"야, 그러면 됐지 뭐 걱정이야? 나 믿어 줘."

예상대로 연재는 대환영이었다. 벌써부터 의욕이 활활 넘쳤다.

"다행히 할머니에게는 단골이 많아. 그 단골들이 외면하지는 않을 거야. 하지만 단골이라고 영원하리라는 보장은 없어. 고객의 입맛은 한순간에 돌아선다고 할머니가 그러셨어. 우리가 할머니의 손맛을 잘 살려내지 못하면 언제든지 그들은 등을 돌릴 거야."

"두말하면 잔소리지. 그런데 너도 같이 할 거야?"

"우선은 같이 하려고 해. 그러나 내가 계속하게 될지는 나도 자신이 없어. 내 소질이 어디에 있는지 아직 잘 모르겠거든. 할머니를 닮았으면 요리를 잘 할 거고, 아빠를 닮았으면……."

내가 말을 잇지 않고 머뭇거리자 수호가 대뜸 말했다.

"그야 공부지."

"야, 내가 무슨 공부를 잘한다고 그러냐?"

"무슨 말이야? 넌 시험공부 하나도 안 하고도 일등이었잖아."

수호의 말에 나는 그만 낄낄거리며 웃고 말았다. 이제야 솔직히 밝히는 말이지만, 시험공부를 하나도 안 했다는 말은 새빨간 거짓말이었다. 순전히 얄미운 나리를 약 올려주려고 한 말이었다.

"그거 다 거짓말이야. 야, 아무리 그래도 그렇지 시험공부를 하나도 안 했는데 어떻게 시험을 잘 보냐?"

"내 그럴 줄 알았어. 민나리 때문이지?"

연재가 생글거리는 눈으로 흘겨보았다.

"나리 말이야, 월촌 와서도 여전히 잘난 척이야."

연재가 입을 비쭉였다.

"워워, 뒷담화는 이제 끝내고 다시 본론으로 돌아가서, 난 그럼 뭐 하지?"

"너 할 일 많지. 홀서빙. 아마 끝내주게 잘 할걸."

연재가 한 마디로 명쾌하게 정리했다.

"맞아. 수호라면 잘할 거야. 진상손님도 아마 수호 니 넉살이면 꼼짝 못 할걸."

진작부터 염두에 두고 있는 일이었다.

"쭈와, 자신 있어."

수호가 벌쭉 웃으며 주먹을 쥐고 흔들었다.

"그런데 말이야, 영업도 해야 하지 않을까? 지금까지는 할머니의 명성에 힘을 입었지만 우리 세대는 다르잖아. 홍보, 그것도 중요하다고 생각해. 내가 영업 담당할게."

며칠 동안 곰곰이 생각해 본 말이었다. 여러 루트를 동원해서 임막순초계탕이 죽지 않았다는 것을 알리는 일도 매우 중요했다. 월촌 근처에는 그린필드골프장 외에 크고 작은 골프장이 꽤 많았다. 골프장

손님만 꿰차도 식당 운영에는 걱정이 없었다. 또한 할머니는 한여름 장사로 끝냈지만, 앞으로는 사계절 메뉴를 개발할 수도 있었다.

"어어, 정이나. 너 영업에 소질 있는 거야? 대단하다."

수호가 엄지를 척 들어 올리며 너스레를 떨었다.

"그러게."

연재가 입을 헤 벌렸을 즈음, 은옥이 문을 열고 들어섰다.

"니네 그러면 섭하지. 메인 주방장을 빼놓고 니들끼리 그럴 거야?"

"어머, 언니. 미안!"

나는 얼른 방석을 내놓으며 언니를 끌어다 앉혔다.

"자, 그럼 임막순초계탕의 주방장님을 소개합니다."

"반가워요. 이제 우리 모두 한 식구가 되었네요. 우리 잘해 봐요."

언니가 수줍은 듯 미소를 지으며 인사를 했다.

"그런데 잘 들어 봐."

언니가 한껏 달뜬 우리의 분위기를 누그러뜨렸다.

"이건 장난이 아니야. 좋은 일보다 어려운 일이 더 많을 거야. 그럴 때마다 포기하고 싶을 거야. 너희들 각오는 돼 있어?"

언니가 비장한 표정으로 연재와 수호를 차례로 쏘아보았다.

"네."

"최선을 다 하겠습니다."

연재와 수호가 차례대로 대답했다.

"대신 주인이라고 이나, 너 갑질하기 없기다."

연재가 눈웃음을 지으며 못을 박았다.

"걱정 붙들어 매셔. 이익금은 공평하게 배분할 거니까."

내 말에 언니가 반박을 했다.

"우선은 손해나지 않게 최선을 다한다는 마음가짐이 중요해."

그러고 보니 은옥 언니는 지금까지 내가 봐온 사람이 아니었다. 당차고 맵짜고 다부졌다. 믿음직스러웠다.

"그럼 오늘부터 당장 요리 수업 들어갈 거야. 오픈하기 전에 철저하게 계획하고 준비해야 해."

언니의 말에 우리는 누가 먼저랄 것도 없이 일제히 고개를 끄덕였다.

활짝 열어놓은 창문으로 파란 봄 하늘이 얼굴을 내밀었다. 하늘은 여릿여릿 따스하게 집안으로 스며들었다. 기분이 좋다. 오후에는 무엇보다 먼저 할머니를 뵈러 가야겠다.